原乡

杨素筠——著

河南人民出版社

谨以此书献给我的家乡

目录

漫步在嘉绒四季

目录

故土嘉绒

目录

云水之间

目录

我听见记忆在生长

卓克基的雪　／摄影：周耀伍

漫步在嘉绒四季

梭磨河峡谷四季听音

“梭磨”藏语含义为“岗哨多”，又有“帝王之梳篦”之意。地处阿坝藏族羌族自治州马尔康县境内，是历史上嘉绒藏区冲口，在古代多设为要塞和关口，因峡谷两岸的崖壁峭立而成为隘口，峡谷上游是红原大草原，出口是马尔康县城。

美丽修长的梭磨河发源于红原草地的茶真梁子，沿着峡谷有一条款款而下的梭磨河，流经峡谷全程。峡谷地貌非常典型，呈“V”字形，谷的两岸峭壁削立，流泉倒挂，峡谷长百余公里，国道317线穿谷底而过，河谷景色四季变幻无穷。不管你是外乡游子，还是常驻这里的土著居民，每从谷底穿行一次，你的思维和梦想就会被它景观的美丽和山水花草凝固的音符牵住思绪，你就会将自己的思维和梦幻般的感觉放在它的心中，思绪顿时被洗涤得明亮而清爽。峡谷的美景在于它春的嫩绿，夏的斑斓多姿，秋的五彩缤纷和冬的晶莹剔透。

由成都沿国道上行穿过鹧鸪山隧道，出洞口首先映入眼帘的是让你震撼的万千年形成的原始生态林景观，这里的森林植被基本没有人为破坏过，生物植被群落一派和谐而生机盎然。峡谷有较为充沛的雨雪滋养，属于亚高山和高山交界地段，植被完整而成体系，森林葱茏茂密，流水潺潺，峭壁嵯峨。森林分出了几个层次，基本为针阔叶混交林，由高到低有云杉、冷杉、桦树、箭竹、青冈、杜鹃等竞相生长，苍松挺立，古木参天，整个山体被植被和森林覆盖，没有什么空隙地带。

春天的峡谷是一派浓浓的绿意。这里的春天来得较迟，每到三月底四月初你才会感觉到春意的到来。此时的峡谷内，溪水慢慢地从寒冬的沉睡中苏醒，水气开始从树底向树梢输送，枝条开始不停摆动，将水和营养输送到枝尖，树林变得嫩绿起来，森林有苍松和杜鹃的墨绿点缀，整个峡谷苍翠欲滴。春天峡谷有个较为特殊的现象，基本上每日都有一场细雨，雨后均是彩虹一片灿烂，带水珠的树叶在阳光下绿得耀眼，让你沉醉。透过绿叶看到的是一种让人震撼的春意，春意是那样的浓，是那样纯洁美丽，让人仿佛喝醉了般的迷恋。树叶的外壳开始脱落飘入溪流和梭磨河水中，河水变得碧绿透明，带着树叶嫩壳的溪流从山体上欢快地跃入河流中，你仿佛听到了清脆的笛声，悠扬而又舒缓，一片春意盎然。

夏季的峡谷大放异彩的是马尔康高山杜鹃花（本地语叫羊角花），进入了花季，杜鹃花期仿佛是商量好了似的，在春季，来得是那样突然，又那样干脆。一座座的山峰，一片片的坡地，一簇簇，一团团，像幽暗的森林中燃起了火把，鲜明耀眼，尤其在河边，杜鹃沿着河岸开得如火如荼，花影在河中摇曳，流光溢彩。梭磨河峡谷树形杜鹃较多，山顶属于灌丛小叶杜鹃。如果你走入林中，不需抬头看花，仅是地上落英缤纷的花瓣已营造出迷人的意境了。杜鹃花红得是那样艳，白得是那样纯，粉得是那样娇，紫得是那样亮。峡谷杜鹃花盛开在四月底至六月份，花期为两三个月，高山顶上小叶杜鹃最好的花期却在七月份。此时的峡谷百草芳香沁人心脾，百花盛开，争奇斗妍。我们常驻这里的居民，每到峡谷中去一次都会被一种新的植物开放的花朵迷惑，美得让人不相信那是一种植物。你仿佛认为自己看到了地球上的绝版邮票一样惊喜。每次都有新的收获和新的惊喜，每次都被感动，一次又一次。因为这里的植物群种达上千种。夏季森林葱茏茂密，流水喧嚣，此时的山体水分丰富充沛，溪水像瀑布一般飞泻而下。大草原的冰雪融化后的雪水基本要将几十米宽的河床涨得满满的，夏天梭磨河水一改春天的清秀，变得狂放不羁，一路奔流而去，势不可当。此时是峡谷漂流的最佳时期，常有世界各地的漂流爱好者来此峡谷随波逐流，追赶洪流的节奏。这时峡谷仿佛奏响了贝多芬的《命运交响曲》，恢宏而又深沉，让人的思想有狂放的野性。

秋季是峡谷收获的季节，它把人间的五彩油墨全部纳入它的谷中。谷中的原始森林此时显出它的层次来，最底层厚厚的植被变得有些绿黄色，像给峡谷盖了一层绒绒的棉被，花草开始变成红黄绿三色。在花草植被之上是一米见高的箭竹，在秋季显得特别苍翠，满山遍野，每个角落都能看见它的身影。箭竹微微欠着腰身，作君子谦和状，是在呵护花草呢，还是在谦让乔木呢？在箭竹之上是青冈林、桦木林和枫树林。只需一场霜降，山林的树叶就全部变了色，经秋阳的照射，桦树、枫树变得一片片的红，比北京香山红叶多了几分娇媚和壮观。桦树变得金灿灿的耀眼，高雅而又富贵。冷杉、云杉和雪松由嫩绿变得深绿，青冈林变得墨绿。各种树形或优美典雅、或挺拔玉立、或娇柔纤瘦，或成片、或成簇、或独立，均相互映衬、相互点缀，恰到好处，形成典型的彩林风光。这样的景致绵延到100公里以外的白湾峡谷和脚木足峡谷，此时梭磨河峡谷变成了一幅荡气回肠的油画。河水变得清澈透底，水流量减少一半，这样的季节你仿佛听见了钢琴协奏曲，那样和谐动听，那样淋漓尽致。

冬季的梭磨河峡谷一改它的多姿多彩，在十一月基本进入了冰雪的童话世界，漫天飞雪伴随冬季的峡谷。此时峡谷阔叶林已经凋落了所有的红叶和黄叶，每一场雪后，整个森林就会变成晶莹剔透的宫殿，冰雕玉琢，纯洁无瑕。树枝被冰雪包裹，古松迎雪，玉树临风，风景独特，煞是好看。此时的流泉被凝固成几十米高的冰瀑和几米高的形态各异的冰雕，玉琢天成，美不胜收。谷底数不尽的冰雕般的美景在整个冬季都不会融化，随着山体中渗透出的泉水，不断地变幻自己的造型，晶莹得让人不忍心触摸它。这样的一尘不染直到来年的春天。此时的梭磨河水是一年中流淌得最缓慢的时刻，奔腾了几个季节是应该休息了。此时跳跃的水滴全部凝固成冰珠，在零下十多度的气温下，几十米宽的河面被冰珠挤得只能缓缓地流淌，你随意地用手捧一下，就有上百颗的透明珍珠属于你了。“冰河流珠”这种自然现象，只属于马尔康梭磨河峡谷河流，是世上少见而又独特的奇观。此时你仿佛听见那落光了叶子的桦木和枫林在吹奏管箫，苍凉而又古典，如听天籁，你的心绪仿佛被带到了金庸先生所描写的冰雪世界中，纯洁而又传奇。

梭磨河畔品桃花

桃花无意惹诗情。桃花，历来是中国文人墨客泼墨挥毫、吟诗作画、尽抒情怀的对象，因其有孕生机于严寒的品格、惊艳报春的美丽、向雅而生的志气，而被赋予了许多生命价值以外的诗情画意和多姿多彩的感情内涵。文人墨客们借她表达各种不同的情感，或崇尚隐逸、或感怀身事、或讴歌友谊、或点示爱情、或流露祥意、或展显生机。每个人都可以观赏、感叹，生出自己不同的感受，但马尔康梭磨河畔的桃花给予你的更多的是品味。

在许多人的印象中，桃花的生长、桃花的艳美、桃花的优雅，都只属于江南鱼米乡和川西平原，却不知，在海拔3000多米的雪域高原，也会有桃花盛开的美景。其实，江南桃花的美，是因有江南才子占了先机，多情传播给人留下的印象。一直以来，我认识这高原峡谷以后，就有了一种冲动一种感叹，希望抒写描画这连绵百里的美境。但又怕不轻易间伤了她的容颜，因为我知道凭自己手中的粗管笔难以绣刻山河，雕镂人心，所以有了提笔又放下，放下却不甘的一种情结。

梭磨河畔的桃花，属于高山野桃花。每到春季，便会在沿河而下的马尔康镇及松岗、白湾、脚木足、党坝等地的每一条山沟坡地上，一片片、一簇簇、一团团争相开放，绵延百余公里，仿佛在山腰缠上了一条粉红色腰带，点缀着古老的藏式碉房，构成了一幅妙不可言的画卷。白居易“人间四月芳菲尽，山寺桃花始盛开。长恨春归无觅处，不知转入此中来”的诗句，正是这高原桃花美景的真实写照。

梭磨河畔桃花美，尤以马尔康白湾峡谷为最。三月底，山里严寒才隐，初春已经悄然而来，我有幸陪“四川画报社”的摄影记者到白湾木尔基采访，真切感受了如诗如画、令人陶醉的桃花美景。我们一大早就来到木尔基的山脚下，映入眼帘的是一条横跨梭磨河的大吊桥，飞桥轻雾隔河相望，顿觉眼前有了一处缥缈的幻境。跨过大桥来到山下一个“桃花岛”般美丽的藏寨，这寨里只有七八户人家，一条清澈的溪水在寨旁“叮叮咚咚”地流淌而去，屋前房后栽满了桃树、梨树、核桃树，几间白石红瓦的藏式碉房在林中若隐若现，吉祥经幡与灼灼桃花在房顶飘飞，一派林茂树修、犬吠水声、桃花带露的景观。这时半掩的碉房门里走出两位像桃花一样美丽的嘉绒少女，她们要到山上去修路，看见我们一行，她俩热情地邀请我们进家里喝茶，并告诉我们，木尔基更大的村寨在半山腰上，那云端上的寨子更美丽，桃花也更红。

不言神往而神往自见。我们穿过山下这美丽的小寨，顺着新开出的宽敞平坦而又蜿蜒的通村公路盘山而上，不久，眼前豁然一亮，满山遍野的野桃花烂漫的壮景向我们迎面袭来。真是惊奇了，这山基本属于坚硬的花岗岩结构，在怪石嶙峋的硬岩石中却红粉紫白的缀满了一簇簇、一枝枝的野桃花。按常理，这样的环境一般只有坚强的松柏才能生长！这些野桃树居然敢与苍松和翠柏争光辉，还长得特别的叶茂花密，真是奇了，感觉似有上天在呵护着这些花儿！我想那岩石缝里黑黑的腐殖土应该是千百年来春花秋叶凋落时，花瓣、树叶和果子们对根的回报吧。

伴随着山路的蔓延，那在枝头迎着阳光怒放的桃花，仿佛在向春天倾诉着沉默了一冬的寂寞，那满树的娇红烂漫，万枝丹彩灼春融的景象，恍恍惚惚唤起了我一种美妙空灵的感觉。行至高处，梭磨河峡谷的风光尽收眼底，眼光随着碧绿的梭磨河向下游远去，一条粉红亮丽的丝带，蜿蜒几道美丽的曲线后，消失在远远的墨绿群山中，桃花流水窅然去，别有天地非人间。偶尔亦有瘦骨嶙峋的几株桃树在春风里微微的，颤颤的，真是环肥燕瘦、千树万姿、争奇斗妍；再看那含苞待放的花骨朵，还略带着几分矜持，几分羞涩，像沐浴在春风中的少女情怀。阵阵春风掠过，树枝迎风摇曳，心儿也随着风儿的节奏追随着起伏的花浪，心醉了，人醉了。满山坡的美丽桃色，忙坏了我们的摄影机、照相机。

高山积雪，山下桃花，美丽藏寨，这里虽没有江南的柳绿点缀桃红，却更具中国山水画风中浓墨粉黛细蛾眉的情调，在万物待春的沉静时刻，这漫山遍野灌木丫条里露出的枝枝、团团、片片的红粉更显雪域高原桃花的灵精乖娇。

你站在山下观到的只是一种大气，如果你能走进桃花，你将品味到她那浓浓的、纯纯的、千娇万媚的一份情怀，从此会让你有放不下的一种情结。村长告诉我们，等公路修通后，这里将开发旅游，到时欢迎世界各地的朋友来赏桃花。我想能品到这高原桃美的人都将是世上最幸运的人。不知不觉间，夕阳晚照，依依不舍地离开白湾峡谷桃源胜地。

山有多高，水有多深，花就有多红。梭磨河畔的桃花比江南桃花少了一份人工雕琢，却多了一份大气、一份妩媚、一份纯真、一份天成，是一幅自然界中最美、最和谐的写意诗画。

岁月伴梨花

三月的金川，春风吹到哪里，雪梨花就绽放到哪里！

三月，只需一场如剪春风，金川的梨花，就会成千上万地争相绽放在大金川河两岸，梨花连着河谷自西向东绵延不绝，花势蔚为壮观，美不胜收。

那铺天盖地的梨花好似雪花飘落在大金川河谷的满山满坡、沿河两岸、村村寨寨、房前房后、田间地头。我敢说，世界上没有任何一个国家和地区的梨花敢与大金川三月的梨花盛景相媲美，真可谓：此景只应天上有，人间能得几回“见”。

金川文友开东告诉我：“看金川梨花，一定要与金川的水一并看，与村子一并看，与这块土地上的人和故事一并看。就像吃酒，要有咸淡相宜的花生为伴才显得出酒的味道和余韵。”

梨花与水一起看。我们的目光自然会集中到浩荡的大金川河上。

马尔康梭磨河位于大金川的上游，梭磨河大峡谷与大金川雪梨河谷相距只有一百多公里。马尔康境内高山峻美，河流众多，有上百条的源发河流，它们全部汇入马尔康境内的几条古老河流中，如卓斯甲河、脚木足河、莫足河、砍竹河、杜柯河、纳足河、茶堡河、大郎足河等。这些河流，最终又全部汇入源于阿坝大草原深邃的梭磨河峡谷的梭磨河，带着大草原和雪山冰雪的气息，以浩浩荡荡之势奔向大金川河谷。

大金川河谷，深而狭长，是梭磨河峡谷第一处开阔地段。湍急的河水首先穿过金川境内的庆宁、咯尔、沙尔这些地方，然后进入大金河谷的平坦地带，在这里河流变得舒缓荡漾，在村前的河湾中回旋留恋不前。

金川河在三月温柔无风的阳光下，肆意蒸发着来自上游梭磨河大峡谷两岸点点山野桃花香的冰凉河水。白天，在强烈的阳光下，水自由挥发，这使得土地变得滋润、空气变得滋润，就连梨花也变得滋润了。

夜里，冰凉的河水带来极低气温，让温度骤降，白天挥发的冰河水会很快形成厚厚的水雾降临大地，也会降落在每一朵梨花上。夜里，朵朵的梨花就会被浓浓的水雾清洗个透，翌日清晨，你就会发现那些梨花变得更加冰清、更加玉洁了。

“每一棵老梨树，都有一个老故事。”开东这样对我说。

梨树，如时间一样纯粹一样古老。他说："梨树知沧桑，梨花知岁月，所以老梨树的沧桑与岁月，年年绽放在大金川河谷的岁月长河中。"

这条河流，养育了河湾前村庄里美丽的土地和无数的故事，这些土地和故事养育着这里的百姓和万物。所以这里的人们，像大金川河水和大金川梨花一样豁达豪放和贤淑美丽。

大金川，梨花如雪，山川如画，既得益于得天独厚的自然气候地理条件，更得益于祖祖辈辈居住在这里的勤劳人民。金川人民极具艺术天赋；金川的家园，如诗如梦。这里地灵人杰，让中国土地上多了一处梨花的人间天堂。

金川梨花与历史故事一并看。金川，是嘉绒藏族的祖地，历史上曾经发生过震惊中外的乾隆皇帝两次征金川的事件。近代史上，中国工农红军曾在此建立红色革命根据地，并建立了中国历史上第一个民族区域自治政权——"格勒得沙共和国"。

据史载，乾隆十二年（1747年）初，川西土司甚多，经常相互掳掠烧杀，大金川土司莎罗奔及其侄儿郎卡，势力强大，进攻革布什咱和明正土司，击杀清千总向朝远，扰清汛地。乾隆一纸谕书，宣布用兵金川，剿杀莎罗奔，要使川西这些叛服不常、相互残杀的土司"弥耳帖服，永为不侵不叛之臣"。于是，乾隆为平定金川，两次出征大金川，战火在这片土地上先后熊熊燃烧了

29年，耗资7000余万两白银，双方将士、“番民”死伤众多，付出重大代价，但是，自此以后，金川及其邻近地区，皆享宁谧。金川地区屯田发展，人丁日增。乾隆五十年，屯地13万余亩的“降番”已因“久沐深恩，各安耕作，遇有差遣，莫不奋勉出力，无异内地民人”，而“改土为屯，除去降番名目”。这对金川及其邻近地区的藏汉人民安定生活，及其经济发展起到了积极作用。

金川故事久远，如这里的土地一般厚重，如这里冰清的梨花一般神秘。

金川看梨花，最好的感受是穿行于一个个村子之中。只要静静地走进村庄，你便有机会看见喜鹊踏梨花、竹影土篱疏和听见黄泥院墙边每一株老梨树的故事。那些梨树的故事，会让你的心性的天空变得与岁月一样悠远。

“去村子里看梨花，给你讲老梨树的故事。”开东那次邀请时这么说。

如他所说，当我走进了村子，走到梨树下。我才知道，每一株梨树都有一个古老的故事。

之前，对梨花、老梨树的故事知道甚少，更没有安静地去欣赏月光下金川梨花的静谧，晨光中金川梨花的冰洁玉美。

开东家在咯尔乡复兴村，这村子大概有一千户人家，漫步其间，并没有让人感觉拥挤。农家小院被纵横交错的泥土小路或水泥小路连接着。小路旁栽满梨树，一处处农家小院就坐落在某一条小路的尽头。

每一处小院，都被用黄泥做的女儿墙护着，院墙半人高，夯得厚墩墩的，十分可爱。只要有泥墙的院子，墙内墙外一定有几垄翠竹，有几株老梨树，老梨树的枝干粗粝，树干呈黑褐色，极像一棵老态龙钟的藤树，树的花儿却特别洁白美丽。

不管是泥土夯筑的房屋院子，还是现代材料修建的房屋院子，都极精巧干净。院子内必有一条或两条小黄狗，一群土鸡被圈在鸡舍内，院子不远处一定还拴着一两头老黄牛。院子外不远处，一条小溪缓缓慢慢地向远方流去。

黄土墙外延伸着枝枝蔓蔓的梨花，仿佛是一幅古画卷。

泥土的墙，将院子和田园若有若无地间隔着。每当你路过院墙边，院子的女主人就会将头伸出墙来，招呼客人去他们的家里坐坐，喝口水，歇歇脚，这梨花树下的邀请，真情无比。

金川，民风淳，就像满树的梨花干净而洁白。

偶尔也有一户人家会在房前田间栽一株桃树，桃红梨白，只做点缀，整个村里并不会多见桃树。也许，正因为金川人特别爱那梨花的缘故吧，所以才有今天这里梨花如雪的纯粹。

开东家挂有二百年树龄牌的老梨树有五棵。每一棵都有他家爷爷的爷爷传下来的故事。他家房后那棵三百多年的老梨树，在他爷爷的爷爷几岁的时候，那老梨树的树干就那么大，当他的爷爷活到八十八岁时，树干还是没有多大变化。他爷爷当年参加红军，部队出发前，一个首长的战马生病了，没法走路，红军将马留在他家。后来战马死后，他家舍不得吃，就将那匹马埋在屋后这棵梨树下，从此树上的梨花特别大，特别美，秋天的梨树叶也特别红。四年前的秋天，我特意去看了那棵树，他父母还送给我一大箱梨子，那老梨树上的梨儿，味醇，果肉香甜如蜜，一个冬季我都舍不得吃，存放在家里，梨香扑鼻。

今年春天，开东来电话说，他家这棵最红的老梨树没有开花了，老去了，树没有倒，上面有两处喜鹊儿窝窝。听后，我伤感了很久……

我问他是否把树砍了，他说没有砍，不会砍，他说那些梨树如自己家的一个老人，老梨树陪伴了祖祖辈辈几百年，它在岁月里站老了，它依然端庄地站立在那里。闲暇之余，他要与它聊天，对它说说村子里的大小事，依然一起看村子的梨花儿开，梨花儿落，梨儿结果，梨叶红。

每一年的梨花，会在一场春雨中掉落，梨花落雨，流水带花去，微风中轻漫飘飞，梨花带雨去，会让人心里一痛。唯美而浪漫的景象，也是其他任何地方没法比的。

许多老妇人闲暇之余，会将飘落路边的梨花扫在一处，用背篓一篓一篓背到田间地头，放在梨树下做肥料。

是的，许多梨树会用尽一生去开花结果，呵护着它们的主人，但，它们终归有老去的那一天，梨树不倒，主人不会轻易去砍掉它。我想，那梨树，也许有一天它还会在枝头再长出一枝新芽。

毗卢遮那圣窟

也许，正是马尔康那条梭磨河的四时之景感化着这里的草木与山水，让草木有灵性，让群山显智慧，峡谷中一个毗卢遮那圣窟就更让大峡谷多了一些神秘的故事。圣窟位于梭磨河峡谷的中部，距离卓克基土司官寨三公里海拔3000米的山顶上，那里林木森然、鸟语花香、云蒸霞蔚、四季分明，上百种飞禽走兽出没其间。圣窟就紧挨一个很著名的叫噶甲的佛教神庙。

这里是当年毗卢遮那和他的学生宇扎宁波修行的圣窟，毗卢遮那是唐代吐蕃王朝赤松德赞执政时期的大佛学家、大译师。大师在安多、嘉绒方言区传教弘法时，看见这峡谷中的人们“煨桑、礼佛”，一派吉祥，便在此闭关修行。这里也是六世达赖喇嘛仓央嘉措在嘉绒地区苦行修持过的圣窟。在蒙古人阿旺伦珠达吉所著的《六世达赖喇嘛仓央嘉措秘传》（庄晶译）一书中这样描述道：一个叫噶曲迦的老丈告诉仓央嘉措“在这里山上有两处叫作‘灵验岩窟’禅窟，上下各一处，白若大师和弟子宇扎宁布，曾在这山洞里住过，上面那个洞府传说乌仗那大师（莲花生徒弟）曾居临其中”。书中仓央嘉措说，“探寻去羌地的道路，但未成行。改向嘉绒方向走去，到了一个叫噶甲的寺院。这庙属于白若派（即指白若杂纳），附近有个白若杂纳大师坐过的岩洞，十分雅致，我就在那里住了一段时间，在此功力很有长进，祥异之兆迭次出现”。

也许传说中的雪域高原最美的情歌王子六世达赖喇嘛仓央嘉措到这里修行过的缘故吧，这里便有了川西北最美山歌非遗地和嘉绒锅庄故乡之称。今天峡谷里嘉绒藏族依然踏跳着穿越千年时空而舞的锅庄，人们每每跳起锅庄总是那样舒缓有度，舞态娇柔，肩腿有力，直到唱到酣畅淋漓、跳到月明星疏方可罢休，也许是受情歌王子美妙的歌谣感染吧，歌声清脆如梭磨河的流水，绵长、回味、掷地有声。梭磨河峡谷文化里也自然诞生了像阿来这样带着峡谷花草芳香的藏族作家。

六月，心躺在天际和达古

2014年，因为黑水那场笔会，六月我来到达古。那天是盛夏里一个明媚的日子。从笔会培训点出发去达古冰山，还有几十公里路途，三辆大巴车缓缓地载着一群文朋诗友前去达古的冰山。

来之前我固执地认为，去达古冰山的路一定是一条由冰雪和凌乱石块铺就的山路。可是，呈现在我们面前的，却是那一路的夏季的葳蕤，古木参天的原始生态，有成片的沙棘，林带之间高大的杜鹃树林，几尺长的松萝挂满了森林的柏树丫之间，在冰川山崖中的溪水潺潺如音乐流出，一汪汪宁静的冰山湖泊如电影画面闪现。

在达古寨的山下，藏式石碉房墙角旁一只半眯着眼睛的大花狗在晒太阳，打麦场上还有几头吃草的老牛，几只山雀在寨头的石墙头叽叽喳喳跳跃啄食，一只野山羊站在悬崖上瞭望着云端的雪峰，用羊的心思打探着这季节该往哪一片肥美的草场。

文友们自由讨论往沟里行走的路线，最后决定沿着达古河逆流而上。

这是我第一次来达古，听到很多关于这里男人英勇善战的故事，更看到了很多他们生命里的阳光责任与俊朗帅气。遥望云端，美丽石块与木头建成的古老的村落，仿佛听见当年黑水男儿出征的号角还在老木屋顶上“呜……呜……”吹响，仿佛也能看见当年闻名遐迩的黑水头人苏永和，还在少年时代，仅用了短短两三年时间就征服了全黑水五十五沟半领地，瓦解了国民党川军邓锡侯部队三次铁血清剿的剽悍往事，看见他当年驰骋阿坝大地，威逼嘉绒十八土司归顺的势不可当。我也仿佛听见，那一汪被黛蓝色云儿染了清澈却深不见底的“爱情海”边，那个机智勇敢的黑水少年在湖边对他的芦花新娘吹响心爱的鹰笛，诉说铁骨男儿一如湖水般冰洁的缠绵爱情。

数十年前那些金戈铁马、鼓角争鸣虽然已经渐行渐远，但是，黑水勇士们流淌在山水之间的英勇故事却刻画在历史的卷页里，一个个峥嵘岁月的故事，依然久久回荡在这青山丽水之间。

轻轻地，我走在开有五颜六色小碎花的湿草地上，轻松地呼吸着净润的空气。一尾尾美丽的小鱼，也在爱情海的湖里唱着鱼儿们才懂得的爱情歌谣。

一路所见，一汪又一汪清澈的冰湖，一山沟又一山沟流动的红石，一条又一条蜿蜒而叮咚的溪流，一段又一段悠长的栈道，还有一片又一片青翠的野松柏林，以及一处又一处古老的杜鹃林。杜鹃树在六月依然还挂着稀疏红色花朵，没有完全凋零。去冰山的路仿佛成就了这个夏季里，我所有关于对绿色季节的想象。

在大家焦急的眼光里，我最后一个走到冰山的索道口。

缆车不一会儿就飞越几十道怪石嶙峋的山脊，很快将我们送达冰山的脚下。突然地到达，本来还叽叽喳喳的这群作家、诗人，在惊讶与感叹的眼神中，停住了喧嚣。而后，大家迫不及待地，欢呼跳跃着张开双臂拥向冰的山峰，三五成群地往山峰走去。

见到达古冰山的第一眼，我不知道该如何迈开脚步。这样就与“他”见面了，我默默地望着他，一时没有了问候里最恰当的语言，我看见面前的他，不是冬季里大雪包裹的样子，而是被风雪划过，留下道道伤痕的刚毅的样子，我有些心疼地看着他的样子，不知该从何说起，仿佛不是我来看他，而是他来看我，他仿佛在亿万年前就知道我要来看他，他站在那里淡定地看着我，送给我夏日炎热里最凉爽的问候“你好”。冰峰下细细的流水告诉我，他冰的外表下内心温柔的热度，他带着宽厚的笑容迎接了我。我们都小心翼翼地端视着对方，他用亿年时间站立的固执姿态告诉我，仿佛他就是我久久等待的温柔的梦中人，我与他的约定一定是在亿万年前。

我将身子躺在冰湖的一个木台上，抬眼睛看着黛青色的天际，就那样躺在他的怀里，不用语言只用聆听，与他用最近的语言对答最遥远的心情。

就这样子，我细细聆听着他上亿年行程里一路的爱痛和情愁的寂寞故事。听他讲述一只在冰山翱翔的鹰王孤独飞翔的故事，还有那只被它衔到峭壁上喂养的天狗的故事；听他讲述那一片齐峰的森林里，猎人遇见狼和熊的战争故事，还有猎人遇见美丽的牧女缠绵的爱情故事；听他讲述冰湖里每一尾鱼前世、今生和来世的轮回和渴望。

六月，阿来用“最近的遥远”注释了达古的悠远与年轻，著名作家冯秋子、刘醒龙、赵瑜老师用文字攀爬了达古冰峰的高度，州内那群可爱的诗人作家：羊子、雷子、雯苹、康若文琴、梦飞、蓝晓、潘梦笔、瑞玲、韩玲、阿兰、家琴、远勤、白林以晶莹雪花做羽笔，用纯美的诗行做五彩的祥云，已经飘游在达古的山脊梁。

六月，将我的心躺在天际和达古，不用语言只用聆听，与他用最近的语言对答最遥远的心情。我想一直躺在他的怀里久久地听他讲述冰湖、石头、雪花、风沙、山洪、森林和湖泊的故事，这一听，也许又是一亿年。

穿越初秋

初秋的星期天，准备了相机和一些干粮，约了几个朋友，开着越野车，我们出发去马尔康城区后面的昌列山。初秋的昌列山，已被淡淡的秋意染了色。早晨出发时天上下起了细雨，树叶已开始在秋雨中飘落，雨点滴在树叶上，“滴答、滴答”声打得我们的心情有点像雾像雨。

到达山顶的时候，雨停了，天空变得高远而明亮，雾蒙蒙的云朵，向天空飘飘然而去，红彤彤的太阳从云层里露出来了。高原的天就是变化得这般痛快，一日四时不同天。

有了阳光的照耀，山上的云雾升腾，车停在半山腰，周围世界一片湿润。

草是潮湿的，花是潮湿的，牛是潮湿的，藏房是潮湿的，鸟是潮湿的，漫山遍野的野果子，在雨滴湿润中显得特别晶莹剔透的红，春华秋实，让世界丰满而敦实。野玫瑰树居然还挂满通红的果子，我摘了几颗放在手心，果子饱满肥厚，将它放在口里轻轻一抿，一股淡淡的香甜沁人心脾。

几里外，就是马尔康城，有城市喧嚣的集市和人群，可是，在这里，半小时的路途，我们却感觉到美丽的初秋的寂静。山川古寺秋之寂，是那一种秋天里的静谧。

2006年修葺一新，被誉为目前藏区最豪华的寺庙之一，属于藏传佛教宁玛派寺庙的昌列寺，就处于这山顶之上。

大殿中，经文的发音与诵唱，曲调深沉重重复复，我们安静地站在殿外，竟然觉得这种优美而低沉的声音悠扬，让人很容易心静。或许佛教经典并不仅仅是要给人讲述人生大道理，让人心性平淡也是它的功用吧。

在这圣山上，僧人的吟诵声和袅袅的桑烟萦绕在屹立八百年的昌列寺中。

在悠扬的诵经声中，天气渐渐变明亮了，我们绕过寺庙，继续攀爬后面的高山。马尔康正在引资准备开发这山上的旅游观光索道，希望把这昌列圣山与松岗旅游一条线连起来，到时，可以满足人们到高山观光赏景的需求。我们决定下车，从昌列寺后山顺着一条小路走，沿索道规划的路线取近道去松岗的莫斯都峡谷，看看那里据说有五千年的岩画。我们站在高处望着雨后周围的景色，感觉一片云雾缭绕在自己的脚下，秋天的天空慢慢变得湛蓝。

山上草甸还有九分的绿意，寺庙周围放生众多的牛、羊、猪，在那里悠闲地啃食着带籽的青黄的草。高山上最早被秋意染黄的是没有围栏的草，国家实施退牧还草以后，保护区域内的水土保持得很好，围栏里的草又深又茂好似厚厚的绿地毯，其他地方的就变得黄而干了。我们走过了一片大草甸开始向后山穿越，在淡淡秋意中，植物们迎来了自己生命中最灿烂的时光。我发现这里的红叶不是红得漫山遍野，而是各种色调恰到好处的多彩，重重叠叠，浓淡纷呈。有四季常青不变的松树、柏树群体，这些常绿树是所有色彩的背景色，一簇簇火红的是果子，一团团暗黄的是白杨……一块块浅白浅绿以及各种色彩错杂其中，分外妖娆。这些即将绚烂的颜色，将会给马尔康群山中的众多植物带来浓墨重彩。

雨后，沿蜿蜒的山路下行，林子里的水气很重，树丫条很快就把我们的衣服和后背打湿透了。路上遇见一群二十余只的野山鸡，看见我们，野鸡扑扑地飞到路下的林子去了。

两三个小时后，我们到了松岗的莫足沟的半坡，散落在坡地那些具有独特风格的嘉绒民居吸引着大家的眼球，石头在阳光下发出很朴实的灰亮色，与房顶的红瓦构成了一幅妙不可言的山水写意画，藏寨乡村的古朴美景诱惑着拍摄的冲动。别样的民居建筑和田园美，自己仿佛走进了很遥远的过去，好像历史几百年前就在这里已经停止了脚步似的。

这里的石碉房的藏寨，好似一处处神秘的古城堡，或一栋独处，或几栋相依偎，碉房之间，处在绵延而舒缓的群山森林边，间或也隔着几块优雅的麦田或者长势很好的玉米地。这些碉房好像很有感情，让人总感觉它们彼此很亲密地相望着。我想，在漫长的时光里，碉房褪去了石头的本色，与自然和人相处过久，它们便成为有灵性的东西了。村子在森林或者田地间若隐若现，远远望去，仿佛一幅绝美的山水田园画卷。

嘉绒藏族的碉房很具特色，建筑多在背风向阳、土质坚实且方便生产和生活的地方，大多依地势择险之地而居。用泥土片石砌筑而成，方正高耸，片石堆砌，层层叠压，房屋四角上翘，立面呈上小下大的梯形，一般三至四层。顶层半封闭式向阳敞开，设有经堂与客房，造型美观，冬暖夏凉，门窗装饰全部有白色的窗边。

沟里直波、哈飘、洛威、丹波和莫斯都村子异域情调的田园风光古朴得不带一丝的现代气息。这个时节刚好是瓜果飘香果实累累的收获季节，山下的黑桃、苹果已经压弯了枝枝树丫，果子举手可取，还没有完全褪去花瓣的向日葵沉甸甸地在玉米地里弯着自己的颈项。我很自觉地没有把手伸去摘那些诱人的果子，在水果树下穿行，果子的香甜味已经将我们的味觉搅活。一些藏民在自己的地里收割玉米、土豆、北瓜，我们经过地边时他们都很友好地用藏语问好“沙那子约”，意思是“你们辛苦了”，有的还给我们摘了苹果、向日葵和苞谷，我们很开心地接受了，原则上是不应该拿群众一针一线的，结果还是没有经受住考验，唉！

我们赶到了洛威下山路口，刚好遇见松岗镇下乡人员一行，他们给我们介绍说当年乾隆王打金川的时候在这莫足沟留下了兵工厂，丹波山上与党坝交界处，目前还有古道石碑，石刻楷体竖写六行，题记为“惠及征夫”，落款为“乾隆十九年十二月”（1754年），是茂州、资阳等地的汉军为一个叫沈维祈的军需官刻的。由于去石碑处还有四公里加一段上山的林道，我们走路的速度没办法天黑以前赶回山下的，于是大家决定这次放弃看石刻的想法，大家商量好在十月中旬莫足沟金秋彩林那段时间再专门去拍石刻，于是，我们爬上乡上的汽车向沟内出发，要去看看莫斯都岩画。汽车带上我们大家很快就进入一个峡谷之内，峡谷两旁植物郁郁葱葱的，野沙棘树上结满黄澄澄的小果子，号称维生素C大王，让我们满眼皆黄色。

莫足沟，我们前进大概半小时就到了一个异常开阔的地段，乡上的人员带着我们去寻找那些代表历史文明的石刻，据权威的专家论证莫斯都岩画的历史大概在五千至一万年。在乡上向导的指导下我们很快就寻到了几处岩画，那上面的图案是我小时候在历史书里见到过的原始人类留下的象形画，岩画已经风化较为严重了，当我看见它的真面貌时却不知道该追忆哪一段历史故事了。

我想这片沃土曾几何时一定是一派犬吠水声、牛羊悠闲的桃花源吧，它曾经的美丽得益于莫足河峡谷的深邃和远藏，它今天的变迁是人类改造自然的必然。大家各自在谷底寻找着惊喜，我们与牛群在峡谷里一起游荡着。慢慢感觉饿了，于是大家很快就在一片湿地旁找到了一块不错的草坪，拿出带来的卤牛肉、卤鸡翅、凉拌菌子、酸菜、牛肚和馍，点燃了树枝就地烤起玉米棒，这生活真是有回到遥远的感觉，吃饱了我们全部躺在草地上望着蓝天白云和四周的森林开始了无尽的遐想，大家免不了要捣鼓起乾隆王打金川的旧事，遥想当年那金戈铁马尘封已久的战斗。我居然一会儿就睡去了，乡上的小余开始催我们返回去。她说在山里燃火是违规的，当然还要把自己留下的所有垃圾捡起，给火堆里倒足水方可离去。返途大家磨磨蹭蹭地上车就座，车将我们带到离莫足沟口“亚洲的最大养麝基地”，目前正是取麝的时间，基地里的员工正忙着给一千多头獐子喂食呢，獐子产的麝是世界上最上等的香料，一般用于出口。

然后我们直奔沟口的松岗直波碉群。“垒石为室，高十余丈，为邛笼。”这是《后汉书·西南蛮夷传》中，对这种碉堡式建筑最早的文字记录。村里这两座八角碉都是清代中叶由松岗的土司修建，木石结构，八角由下往上内收呈台锥形，建筑技术精湛，极为牢固，是州内八角碉中的杰作，具有重要的民族古建筑研究价值。1989年该碉群被州政府列为州级文物保护单位，其后跻身国家第五批文物保护单位。就是这种碉堡，曾经也使清朝朝廷的两次大规模进攻金川受阻，给清军造成大量的物资消耗和人员伤亡。第一次战事持续了三年，而第二次战事却持续了五年之久，这就是历史上著名的“乾隆王打金川”。公元1747年、1771年，两征金川后，乾隆最终将金川地区统辖于川省之域。并在噶拉依官寨旧址上立下御碑，镇群番而永靖，树丰碑以告成功。松岗直波碉群位于马尔康县松岗乡直波村，共四座碉，两座在直波村寨内，另两座在河对面的松岗村山梁上。村内两座依山势南北分布，南碉在村内，北碉在村北的山脊上，两碉相距二三百米。两碉皆八角碉，石块和泥砌墙，内用木质楼梯上下。平面外呈八角形，内呈圆形，整体由下往上逐渐内收。南碉内径8米，外部每角两侧的边长2.05米，墙厚0.95米，碉高29米，共7层。碉的东、西、南墙上每层各开一个竖长方形瞭望孔，在碉的东北、西北墙的一二层各开有一个边长0.2米的方形瞭望孔，第一层的北墙及第四层的北角上各开有一个方形瞭望孔。据传，碉楼内有地道与河流相连。

初秋一天的穿梭，听见了今天，也感知了遥远。

骑马到若古高山看海

马尔康日部若古高山上有许多高山湖泊，当地人称九道海子，传说风光奇特。由于受海拔和交通限制，外界还没有组织过旅游考察。初秋的一天，我们出发去若古，去欣赏、拍摄海子风光。

凌晨，我们便从马尔康县城出发了。日部乡离县城有一百多公里，汽车顺梭磨河下行，穿过红星桥进入脚木足峡谷，然后沿着峡谷内湍急奔腾的脚木足河逆流而上。秋日的河水在高原的阳光下已经变得比夏季安静澄清了许多，河水显出一丝丝秋意，似乎要把山野的绿色慢慢洗褪。

去若古高山湖泊来去需要三天时间，沿途全是原始森林和高山草甸。离开乡政府不到两公里，汽车就爬不动了，因为政府正在这里新修建一条通到若古牧场的通村道路。坡度很陡，大家就弃车走路，绕小道爬了一段几百米的山坡，要到山脚下去等马匹来驮我们上山。乡政府的工作人员要与我们一同去，队伍一下扩大到十几人，到了山脚下，很快就有十几个潇洒的藏族小伙子一人牵了几匹马从山上一路奔来，马蹄在新修的村道上卷起一路的风尘。

简单的午饭后，大家给我挑选了一匹最乖的枣红马，二十几个人组成的马队便浩浩荡荡地上路了，我是马队里唯一的女人，心里有些自得。马在上山的路上走得很平稳，这里的原始森林茂密而宁静，只听见回荡在山谷里的嗒嗒马蹄声。

初秋淡淡的韵色已经开始涂抹在树梢上，穿行在树林中，一种沁人心脾的清爽从四面向我袭来，内心在大自然的环境中充满了宁静。

进入高山草甸地带，这时高原的阳光烈烈地泻满了每座山坡，草甸上红、黄、白、紫的花儿开得绚烂醉人。信马由缰，将自己的思绪自由放牧在绿草茵茵的群山与蓝天白云之间。有些贪婪地欣赏着苍山无边的壮美，任随枣红马儿驮着我悠然地过了一坡又一坡，男人们策马扬鞭开始赛马，但好几个人都从马背上重重地摔了下来。在牧民的帐篷里喝了几碗新鲜的酥油奶茶，我们变得更加精神抖擞起来。

然后，顺着草甸随意地选择上坡的路线，包括电视台的邱记者、报社的小杨和旅游局的恩波特，居然都没有把摄像器材摔坏，看样子他们摔下马的时候都是紧紧地抱住器材的。

若古是马尔康海拔最高也是最大的游牧业村，黑色的牛毛帐篷星星一样散落在群山草甸中。天黑前我们赶到了若古小学，远远就看见村长格穆带着村上的小伙子们手捧洁白的哈达在那里等候，房子前的草地上燃着露天的土坑火，很大的两口铜锅里正翻腾着将熟的手抓牛肉。

晚上，大家吃着丰盛的晚餐，有手抓牛肉、酥油炸的油条、鲜牛血肠、新鲜牛舌和高山上少不了的酥油奶茶，为了欢迎我们的到来，好客纯朴的若古村民给我们宰杀了一头大牛，肥嫩鲜美的牛肉让每个人都很有胃口，我与男人们一样大碗地喝着烈酒，大块地吃着牛肉。

村里迎来了有史以来第一支大宣传队，据说还是第一次有县级领导来这里。村里为了这次活动准备了一台发电机，电机带动的灯泡使今夜的若古变得分外地明亮，大家高兴呀！

夜晚，帐篷里挤满了牧民，大家酣畅淋漓地一直喝酒唱歌到深夜，仿佛整个若古群山都变得热闹起来，群山上厚厚的黑影不再那么袭人。牧民小伙子昂昂飞扬的山歌，唱得大地和黑夜仿佛都变得一片透明。

在牧歌与山风的撞击声中，曾经遥想的那份我期待的世界美丽又从高处不断滑落到我的心怀，此时的我被烈酒醉了，更被歌声醉了，酒酣歌醉的情景真让人不舍离去。大家酣畅淋漓地一直喝酒唱歌到深夜，不知是因为烈酒还是歌吟，抑或是因为淳朴好客的主人们，我们都醉了。虽然明天一大早要出发去湖泊，但是凌晨两点过大家才终于睡去。

这山上仅有的几间房子都没有很好的门窗和房顶，晚上冰雹和雨声将我们从梦中惊醒，石板房子上滴下的雨水打湿了我的被盖，由于酒的作用我没有被雨水滴醒，直到天微亮，我用手一摸背上全是湿漉漉的，马大哈的我将带的唯一的一件毛衣丢在汽车里了，没有衣服换了，只能把被盖裹得紧紧的。这时只听见山野中暴雨打落在房顶石板上强烈的“噼啪噼啪”声，我给自己找了个干一点的铺位穿着湿衣服准备继续睡去。可是此时脑子里却全是对牧民黑牛毛帐篷的担心，高山上如此大的风雨，他们却祖祖辈辈就这样生存过来了，不知道还会有哪个民族有这般毅力能战胜如此恶劣的自然环境。应该说这个季节还算游牧水草最丰茂的时节，不知到了冬天零下一二十度水草干枯的季节他们又是如何度过的。我居然很是担心这风雨会把帐篷刮走，据说高山上的帐篷时有被暴风雨刮走的时候，没了帐篷的人们又将如何挨过那冰冷漫长的黑夜呢？夜晚里的忧虑爬满了我的脑子，就这样慢慢地我又疲倦地睡去了。

第二天，天刚露鱼肚白，大家就出发了，为能拍摄到晨光里的高山湖泊，我们连早饭都不吃了。群山、原野和空气分外干净透明。马儿带着我们翻过云雾缭绕的一道道山脊，明媚的阳光慢慢洒满了山岗和草甸，几个小时后我们到了湖泊的山脚下，抬眼望去，湖泊居然是在裸露的花岗岩石山上。周边怪石嶙峋高高耸入云端，要看到湖泊还得经过那座巨石山的垭口，长时间骑马加上高山反应已经让我两腿变得僵硬。加之这里的石路太崎岖，只能牵着马上山，乡上的副乡长谢晓波帮我牵着马，我还是远远落在后面，不过凭借着一种等待奇迹出现的毅力，终于还是到了山顶。

翻上巨石高山的垭口，还没有等我喘过一口气，我们的眼下就奇迹般地出现了一个蔚蓝色葫芦形的高山海子，湖心的两个小岛上有一些白色的鸟儿在翱翔，犹如仙境一般缥缈空灵，每个人都被这美景惊呆了。我们测了一下，这里海拔已经有4427米，果然是不经历艰辛怎么见风光，大家顿时忘记了旅途的劳顿和对高山的不适。我在巨石的路上跳跃着下坡，很想一口气跑到湖泊边去。艰难地上了山垭，又一片高山湖泊群呈现在眼底，我百思不得其解，这几百公顷的巨石山上，哪里流来的水形成了这里一个个形状各异的高山湖泊。

这个季节湖水都很充盈，这里有十余个湖泊（当地人叫海子），湖边有很多大杜鹃树和少量的松柏。据说这里六月的高山杜鹃花开得如火嫣红一片，这样的美景让我心驰神往。为了能在天黑之前回到营地，我和乡长哈尔甲选择了下面较大的三个海子进行拍摄，其他人去了更高处的湖群。由于没有更多植物的羁绊，自然的石路很通畅，只是必须要在巨石上下不停地跳跃着前进，在杜鹃树林和巨石阵里穿行，可以清楚地听见滚滚的波涛声，可是又看不见河流在哪里，我猜想海子之间一定有一条巨大的暗河沟通着。

一个几平方公里的桃形海子出现在了我们面前，蔚蓝中更显得异常宁静，我无比兴奋地跑过去，正午的阳光下，深邃的海水发着一片幽蓝的奇异光芒。望着四周的巨石山峰，我恍惚间有一种穿越时空回到蛮荒远古时代的感觉，让人体验到，一种遥不可及的时空差异和无以言表美妙空灵的奇景。水岸边的石缝里有许多两寸长的高山鱼，这些鱼由于受高山气候限制，肚子大大的犹如蝌蚪，在水草里自由穿梭。这鱼、山和水是这里的主人，千万年来相互守望着，似乎在护卫着这尘世之外远离人类喧嚣的宁静。

下午强烈的阳光晒得人没有了力气，我们俩又因忘记带干粮，饥肠辘辘，我们找了许多的野生大黄杆来充饥解渴。终于走到最后一个海子，这就是我们上山遇见的那个，在这里能够望见回程的那个山垭口。劳累和缺氧已经使我的双腿变得不听使唤，周围座座巨石山峰呈现出一种咄咄逼人的气势，我开始怀疑自己是否有勇气回去。这时候我必须走几十步就停下来歇息一会儿，歇息一会儿就会睡过去，又不断地醒过来，在海子边又走了两个多小时，最后几乎是同行的哈尔甲乡长强扯着我才回到那个山垭口。回到营地的时候已经是晚上九点多，高山的黑夜已经降临。

后来听说，我是第一个翻越这高山海子的女人。我认为这是对自己生命和毅力的一次挑战，也许人往往只有通过艰难困苦的历程才能收获别样的风光吧，无限风光在险峰，不经历风雨难以见彩虹，这样的道理又岂是仅仅体现在观光游历之中。

若古之游让我对人生以及生命的潜能有了更多更深层次的理解。

马尔康之秋

秋天，基本上是在每年的九月才开始走进马尔康的山水之间，但是，真的要想欣赏到马尔康的秋景艳、秋意浓、秋色美却要等到每年十月中秋之后的那段日子。

马尔康位于四川西北部，是阿坝州的州府所在地，地处青藏高原的东南缘，山高峡多谷深，数百座山峦的数千条源发溪泉汇成百余条大小河流，从境内流经。水和阳光滋养着这里的万物。这里的空气洁净清新，四季风光迷人，阳光明媚穿透，树种植被丰富，素称树中“活化石”的红豆杉在山野里处处可见，可见这里是植物的王国。

春夏季节绿水青山，秋天景色多姿多彩！

在地球上许多地域，人们对秋的印象，大概就只有几片黄叶飘零和荒草枯萎的景象；对秋的感悟，往往是岁月流逝那种淡淡的伤感和无奈。在中国古代，很多文人留下的秋咏绝唱中往往多是悯秋伤秋的那份忧郁，字里行间淡淡的秋殇总是挥之不去。但是，不管你曾经有如何的情绪，你如能走进马尔康的秋天，你会被这里梦幻般奇妙彩林风光打动，你会被生命走过季节轮回那种洒脱飘逸的姿态所陶醉，会尽情地为生命的灿烂而歌唱。曾经属于你的那份秋天的清冷寂寥，都会被这里秋意的绚丽斑斓所淡去。这里，初秋是一首淡雅而清新的诗歌！这里，深秋是一幅绚丽多姿的油画！

初秋的马尔康，风渐渐地凉了，暑也无息地退了，隔三岔五的夜雨洗礼，让世界变得缠缠绵绵，每场细雨之后的早晨，都可以感觉云升雾腾于群山之中的那种柔情与曼妙，这时天变得蓝莹莹的，阳光灿烂而温柔，空气醇厚而不失清新，溪水清澈透明，没有树叶飘落那种寂寥，处处都弥漫着成熟的味道。秋果、秋水、秋收的田野和着那些满山觅食秋果的雀鸟的叽叽喳喳声，秋意淡抹树梢那份美丽就犹如一首完美的抒情诗，马尔康的初秋有诗一般飘逸的气质，飘过森林、飘过田野、飘过碉楼，这种飘逸的美丽一直可以伴随我们迎来层林尽染、高原金秋。

马尔康是山水森林植物构成的世界，十月中旬到月底是这里观赏秋色的绝佳时段。在这样的季节，树树皆是秋，山山共斑斓，秋阳印染下的彩林构建出一派植物王国秋日天堂的色彩。你不得不佩服秋真是个功力深厚的油画大师。远远望过去，每一座山都是一幅幅色彩浓艳的油画，那画笔饱蘸了颜料，似乎是随意地涂抹着，有的颜色浓得似乎没有抹开，有的颜色亮得似乎刚刚才涂上，还带着湿润的光泽，如一支动人心弦的洞箫曲摄人灵魂。

每年中秋之后，只需一场霜降，马尔康原始森林就彻底地变了色，经秋阳的照射，那些枫树叶子变得晶莹剔透的红，桦树变得金灿灿的黄。你会发现，每一棵植物都被秋霜细心地染了色，没有一处被遗忘的角落。松柏和各种冷杉、云杉、青冈却比夏季沉淀了更多绿色，那种生机分外坚挺，除了正宗的红枫，许多追逐着秋日而红而黄的树叶并不一定是那种完全的红和黄，在一山又一山一坡又一坡上，或成簇、或成片、或独立、或典雅高贵、或娇柔纤瘦、或挺拔玉立，相互映衬形成典型的彩林风光。这种景象绵延在梭磨、日部、脚木足、大藏、纳足、松岗满山遍地野峡谷坡地上，把万物铺撒得风情万种斑斓缤纷，把这里点缀得秋韵十足。“碧云天，黄叶地。秋色连波，波上寒烟翠。”

微风吹过，秋叶随风飘散。清凉的溪水带着美丽的落叶，跳跃着走过每个峡谷和沟壑，给这里秋天平添了一种少见的生命灵气。不到十一月秋叶经不住山风的吹打，色彩仍然鲜艳的树叶几乎都会飘落在地，秋风吹过，红叶翻飞的景象很迷乱人们的心绪，心中有一种别样的感动。红叶很少一部分会随风飘入水中，大多数秋叶都会化作彩泥侵入土地，它们都会去开始新的生命轮回。往往此时，我们会凝神关注，那些涌动着各种摇曳姿态的精灵，牵引着所有伸手可触的那份美丽，远离尘嚣，没有色彩退却了时光流转里那种表情，它刻意要让我们的思绪变得丰满膨胀，一种纯粹灿烂得没有枯萎没有衰竭的表情，留下的只是对这个金秋的眷恋，对下一个更美金秋的期待。

点缀马尔康秋美的是这里的山、水、田园、森林，还有就是散落在山坡林子里的特色浓郁的藏寨和佛教寺庙。这些用天然石块和木料筑就的藏寨、碉房以及数十座藏传佛教寺庙，像是浑然天成，给马尔康秋天注入了灵魂和诗意，诞生出欣赏这幅画卷那份无以言表的惬意。

这里的秋天，会让你尽情享受秋阳的温暖，沐浴秋风的清爽，你会毫不犹豫地走出城市的羁绊，去山坡上欣赏层林尽染，到田野里寻觅收获的情绪。哪怕只是，只是到野外去，呼吸呼吸清新的空气，在溪水中洗去琐碎的愁绪。站立山头看风景真想用一双巨手去把眼前的风景卷起珍藏。

走进马尔康的秋天，让人感悟到的是一种自然生命带来的辉煌和壮美。走进马尔康的秋天，让人感悟到的是一幅阳光和色彩铺呈的诗情画卷。走进马尔康的秋天，让人感悟到的是一派人与自然和谐相处的宁静平和。在马尔康的秋天里，其实，什么感叹好像都显得微不足道，重要的是此时此刻迷醉的心情。

察柯的宁静

因为好朋友阿叶说的那句话，她跟我说："马尔康察柯喇嘛寺很神秘也很宁静，许愿也很灵。"于是，那年冬天，我与姐妹们相约去爬山。虽然我知道关于祈福许愿更多是一种心理暗示，但能去一个神圣的地方许下一个美好的心愿，并为美好的心愿去努力，毕竟是一件美好的事情。

去寺庙的路很窄很陡，那天，好不容易爬上了半山，满山的大雪阻挡了我们上山的路，于是，我们一行人弃车走路上山。到达时正巧寺庙在念大经，整个寺庙被柏枝的烟熏笼罩着，香烟四溢，让人心理上产生了一种挥之不去的神秘感。

到达山上后，首先去阿叶家念经的小木房用餐。小木屋念经房，大大的铁炉子上沸腾着两壶酥油的牛奶茶，铁炉子的表面还烙着几个已经烤熟的土麦面馍馍。桌子上，还有腌制的酸白菜，煮好的大坨大坨的香猪腿。我们吃着馍馍，品着美味的酸菜和香猪腿。

吃饭中阿叶不断给我介绍说："察柯寺，是我们这里有六百多年历史的古老寺庙，村里每家在这里都有经房。冬天，农闲念大经时大家就会聚集在这里。每年家家户户的老人们就会在这高山住上两三个月，带足吃的用的，烧的柴火就地取材，在这里转经到春节来临之前下山。"这么高的山，这么冷清的地方，祖祖辈辈的人们却这么坚持和循环着。

寺庙的大殿里供奉着阿旺扎巴大师的肉身塔。阿旺扎巴是藏传佛教格鲁派创始人宗喀巴大师的得意弟子。当年阿旺扎巴学经归来时，宗喀巴大师送了一串有一百零八颗佛珠的念珠给他，当时他不解其意，后来宗喀巴大师托梦给他让他顿悟，于是他发愿要在藏区修建一百零八座藏传佛教寺庙，修完第一百零八座的最后一座藏传佛教寺庙马尔康大藏寺后，实现了一生的夙愿，他决定从大藏出发回老家小金木城，经马尔康纳足翻梦笔山回到自己的家乡。当天来到了马尔康卓克基纳足察柯山时，他的马突然停止不前，大师也感到此地风水甚好，是修行圆寂之地。传说他的马鞍变成了一座寺庙，后来人们在他圆寂的地方为他修建了他的灵塔，这就是今天闻名藏区的察柯喇嘛寺。据传，大师去世后人们在他头盖骨上看见了经文的"嗡、嘛、呢、叭、咪、哄"六个字。

今天，寺庙前那棵柏树已经成为参天大树。大师扎在地上的拐杖也变成了一棵柏树。大师弘扬佛法的宏大精神和胸襟值得我们敬佩，他对所爱的佛法做出了一生的奉献。那天我似懂非懂地听着梵音袅袅飞过头顶和耳际，在桑烟的气氛和诵经节拍中，心突然变得分外安静。

有一次，另一个朋友约我和我老公陪他去莫洛扎拉圣山挂经幡许心愿，他说这两年生意不太顺，他每年都去山上。我跟他说："去马尔康察柯喇嘛寺吧。"那时，爬完莫洛扎拉圣山挂完经幡，撒完龙达许下心愿，下山后我们就出发去了察柯喇嘛寺，当天由于道路塌方，车轮陷入了垮塌的泥石流淤泥里，车子没法去半山的寺庙，我们都将酥油、经幡和龙达给了寺庙的管家，我说请把这些拿上寺庙，统统为朋友祈福吧。那天很晚了，等拖车把我们的车拖出淤泥后，我们就返回了县城。后来朋友说生意顺了，我们一家很为他高兴。我相信那也是他许下美好心愿后更加努力工作，更多的汗水和付出才会做得更顺利。

今年，我又去了几次察柯喇嘛寺，去是为了打造卓克基嘉绒藏族文化国家级旅游景区，我带电视台、网站、画报社等去拍寺庙的宗教文化。几次去，寺庙只有几个老阿妈在转经，一个管家的喇嘛在经房里被我们叫出来，开了大殿的房门，让大家进了大殿里面。

每次，大家都被这里浓厚的宗教文化氛围感染着，趁他们在古老的转经道里拍摄的时候，我就一个人随心所欲地坐在寺庙二楼平台旁边的木条凳子上，静静地让下午阳光懒懒地照在自己身上。

看着鸟儿们在阿旺扎巴大师的拐杖变成的柏树上跳跃，鸣叫声清脆婉转，回荡在空山野岭，这里的世界更加显得安静。平台上僧人们撒着很多米粒，鸟儿轮番跳跃着来啄食，我坐在那里很有趣地观看它们的身材和各色鸟儿们的羽毛，它们只只都是美丽精灵，一些大尾巴松鼠从柏枝堆上蹿上蹿下，一派忙碌的小世界，它们不因为我这个陌生的来客而惊诧，悠闲地走来跳去，我迷恋地看着它们，心情变得与松鼠和鸟儿们一样快乐简单。平静地享受察柯下午暖暖懒懒的阳光，这算是一种简单也惬意的时光吧。

站在平台上，还可以看着斜对面山崖茂密的森林，有两三间木质的优雅修行经房，它们离寺庙远远的，每间房子都仿佛被主人悬挂在山崖上，让人心生向往。转经的阿妈告诉我，那里面一般住有闭关修行的人。

那几间修行的小木房子与阿叶家寺庙旁念经房相隔很远，我有些纳闷主人家是怎么把悬崖变成了房子安居的房基的，那么大几间房子安安稳稳地坐落下来的。看见它们遥远寂静的矗立在森林山崖上，让人不自觉地会想到，在一个又一个漫长的黑夜里，寂静的悬崖上，风声四处，房间内该是一种什么样平静的心灵在那里修行呢？一个人能将自己一年或者十几年甚至更长时间闭关，在那里独自修行内心，不会受外界任何事情干扰，需要一种什么样的毅力才能做到呢？

每次看见那些修行小经房，看着他们寂寞中露出独立、与世不争的气度，内心会生出一种格外平静和向往的情绪来。

在这里，我会默默地为亲人们、朋友们、我爱的人和爱我的人许下心愿，同时我也会默默地为养育我的家园和国土祈福。我想，许下的心愿，祈福的愿望也是对人生、对友情、对亲情、对处世做人的态度，虽然，我没有大师那么宏大无边的无量的功德，但是我知道我有怎么样的人生态度。

很想亲近察柯的那份安静。

夕格山里的雪

羌人，一个从五千年前走来的远古民族，辗转迁徙，伤痕累累。他们“一路悲歌，一路哀怨，用鲜红的血液把一段段坚硬山路浸软；用温热的身躯把那一页页残酷的历史充填”。我所写的夕格，在2008年“5·12”前，是由十几个自然羌寨组成的一个古老村子，今天，它却已经成为被历史即将遗失的又一个羌的符号。

——题记

2014年冬，是一个多雪的冬季。雪没完没了地飘落在夕格山坳空寂村寨上空。这次上夕格高山，是我与年轻释比余永清年前就约定好的。我们俩约好，在春节前，上山来看望独居在夕格高山的老释比——永清的师父杨水生。这次上山，也是特意来向杨水生师父学习唱释比经诗。

老释比住着的村子，过去是完全意义上的羌人谷，“5·12”汶川大地震后，由于这里的山体滑坡厉害，无法重建，政府决定对夕格村进行整体移民搬迁。不久，全村寨几百号人被移民到几百公里外的邛崃南堡山，留下了一个个孤独的夕格村庄。

除当时地震造成的一些破坏外，这些族人，在离开时不知是情难舍还是意未尽，都没有动那祖祖辈辈留下的老屋的一砖一瓦。所以六年后，当我们再次看见这些石碉空寨时，发现它们依然坚固如初，这些古宅老屋，是否在期待羌言软语的主人归来。

上夕格高山的路，只有一条羊肠小道，小道应该是地震前的老路。由于山高，路远，山下其他村寨的人很少愿意爬上夕格山上来。视野里，只有几个偶尔出现的牧羊人，在那些空旷村寨房屋的小路旁。那些牧羊人，让羊儿自由地啃食着荒芜在地里的枯黄的野草，野草已经完全漫过了夕格羌人曾千年耕种过的田地。牧羊人们或者站立眺望村寨，或者蹲着吸烟，眼光总是掩饰不了那一丝唏嘘的落寞。

杨水生和他老伴以及孩子们，在“5·12”地震后，按照政府整村重建要求，与全村统一进行了搬迁，被安置到四川邛崃的南堡山，他与老伴舍不得夕格老羌山，舍不得祖祖辈辈生活的故里，第二年便又双双回到夕格高山上，过上了孤独的隐居生活。

他们重回到这里已经五年有余，但他们的儿子和大女儿在内地安置点已经开始了新的生活，很少回山上来。二女儿地震前就嫁到了夕格山下的跨坡村。老人回山后，二女儿与二女婿常上山照顾老人，还将玉米、小麦种到了夕格高山那处处撂荒的土地里。春天他们就在土地里种植玉米和小麦，夏日里就忙着除草施肥，农闲之余就放羊牧马，兼顾着照顾二位老人。

上到山里已是傍晚，我们见过老释比夫妇后就早早休息了。我独自睡在石碉房的二楼。翌日清晨醒来，听见雪花飘落的“沙沙，沙沙”声，那细微若软的雪花，不断地打在房间的木窗框上，这里的雪花总是在早上飘落。睡在楼下的小释比永清和老释比夫妇还没有起床。为了看雪，我总会早早起床。为了不打扰大家睡觉，不在下床时把实木地板踏得嘎吱作响，我将身子靠在床头上，顺手微微打开窗的一角，窗角一开，便有雪花飘到我脸上，我静静地享受着这飘飞的雪花带给我冰冷清醒的亲吻。

顺着窗口，望得见进夕格山的那条小路，可那里又仿佛没有路的影子，这雪，其实是下了一夜的。

透过石房子的这扇窗，我可以看见山坳飘着雪花的全景。飘落的雪完全覆盖了山坳里搭建的那个大羊圈，圈里的木栅栏上积满了雪，偶尔也看见堆积过大的雪一坨一坨地从木栅栏上滚落下来，滚落的雪会牵着一整块木条上的雪跌落在地，雪跌落处显露出黑色的木条。

这时，不知什么地方飞来了一群鸟儿，鸟儿们站在木条上，拥挤着，像是在相互取暖，很远都能听见鸟儿“叽叽喳喳、叽叽喳喳”的低鸣。这样的早晨，我还听见远处羊儿们“咩咩、咩咩、咩咩”的高叫声，我不知道它们是冻着了还是在欣赏眼前雪的美。

留在山上的那几匹马，在马厩里默默地咀嚼着干草，我远远地就感觉到它们吃得有滋有味的心情，也听见了它们鼻子不时发出“噗噗、噗噗”喷着鼻息的声音。那些干草和豌豆荚是我和小释比永清昨天晚上给它们添加在马槽的，看见马儿们很安静吃草的样子，我想它们一定与我一样，定是喜欢上了这一场飘飞的白雪。

这样的早晨，除了羊儿和马匹，我看见还有满眼的雪，还有这寂静山村的早晨。

正在我想得入神的时候，听见楼下的木门发出“吱吱、嘎嘎”的声音，我知道小释比永清和阿孃起床了。

看见窗外飘出的炊烟，我知道永清已经给火塘添了新柴，他总是想早早地给师父熬上一壶老茶，当然也是大家的早茶。于是我也就不再赖在床上看雪了，起床下楼，来到火塘旁。

阿孃抱了一捆柴火，从雪地里走回火塘的房间，她将柴火放到火塘边，我们围着火塘。这时茶已经烧开，阿孃的玉米馍馍慢慢也烤熟了。吃饭后，她突然用羌语告诉我，她想给我唱一首歌《花儿纳吉》，我和永清拍手表示了坚决同意。于是，她轻轻地清了一下嗓子，唱了起来：

“花儿纳吉，姐姐尔呀，有山有水有吃，姐姐勒呀，姐姐尔勒，花儿纳吉，姐姐尔呀，姐姐尔勒，花儿纳更片，姐姐尔勒……”

歌声婉转动听，七十多岁的阿嬢红红的脸庞，在火塘的光焰照耀下显得更加慈祥和美丽，她轻轻启动着轮廓分明的嘴唇，尽量用低婉的嗓音唱着，我看见那声音飘出了石头房子的窗户，也看见歌声飘到寨子四周更远处。难道，这歌声它们是要飞去找回往日一起唱歌的那些阿妈和阿姐吗？想让她昔日的姐妹们听见吗？

村前的山坡，那棵老白杨树下，有一个释比的古老唱经场，每天小释比永清跟着杨水生师父就在那里学经，每天我都能听见羊皮鼓敲击声，在空旷的山谷里久久回荡。

“哐哐哐、哐哐哐、哐哐……”

我来这里之前，我不知道，这山里的雪是如此美如此静；杨水生释比的诗歌是如此长如此多。这次，是释比永清正式拜师后，第一次专门上山全面学习杨水生师父唱解释比经。杨水生释比是羌人谷的老释比，威望极高，他可以一次就唱诵大概五千行的羌族古老经诗。

这次我也就有了一次全面了解释比唱经的机会。我帮永清反复地录制着唱词，我用自己很欠缺的那点羌语艰难地理解着每一段诗文，永清每听一段就给我解释一段，让我对羌人的木比塔、木姐珠、斗安珠、白石神、远古羌、羌族群、鹰骨笛、诗神喜多吉、释比羊皮鼓、猴头帽，上天给予的大豆、玉米、核桃、麦子、青稞，自然界带来的湖泊、山川、大地和粮食有了深深的敬畏。

下山的路上，永清给我讲起一个故事，他说“5·12”大地震前几年，羌人谷里不知怎么突然刮进一股挖掘单耳土陶罐的发财妖风。一夜间，上千座古羌石棺墓被盗，仿佛一个千人夜战的大工程，几百支手电筒在漆黑的夜里像幽灵一样漫山晃悠，整个羌人谷的坟山被盗墓者掏空。当地人也有参与者，永清也真实地听见这样的话语在漆黑的夜空里飘过：“阿爷，我们自己不去挖家里的老坟，别的人就会一夜给我们踏平，你就同意我们几个不肖子孙早点去把坟挖了吧。”那被称为阿爷的长者发出了一声长长的哀叹：“天啦，老天爷呀！”说完这句，就是一串从老人胸腔里发出的呜咽声，伴随着不断咳嗽“哎哎、哎哎”的声音，永清只听见那个爷爷跌跌撞撞的脚步声，踏着松垮的泥石滚过山梁，远去。

下山路上，我听见风吹过空羌楼的上空，发出的“呜呜”声回荡在深深的山谷里。风，它是在寻找昔日那些熟悉火塘的炊烟，还是在寻找头缠白头帕美丽的女主人？留恋的风，它难道不知道夕格那些古老的炊烟不会再升起，那个美丽的夕格女主人她也不会再回来了吗？

回望，那一山一坡的风景，村寨依然，山水还在，仿佛羌人刀耕火种千年的耕作田园还是当初的模样。想着那些炊烟不会再从夕格石头雕房的上空升起，牛羊也不能在昔日主人的吆喝声里远牧和归来，我的内心深处，便有了一道被冰刀划过的彻骨伤痕。

释比永清用一本日记，完整地记载了夕格人移民搬迁开始的一百天的故事，记载了夕格羌人与故土生死离别的《阿尔的100天》被他印制成了册，那一百天人类学日记的记忆已不可复制，但它已深深地烙印在夕格人和羌人胸膛的最深处。

回望那山，老释比的羊皮鼓点仍然在老白杨下“哐哐、哐哐、哐哐”的回响。老释比夫妻真的已经老了，他俩是这群山空寂寨子里唯一的居民和守护神。

回望那碉房，他们栉风沐雨用凄美的姿态站立在夕格群山里，一路上都能看见依然裸露在山谷里的那些巨大的岩石，都是那场大地震的时候垮塌的巨大山体，凌乱的岩石无处不在。我行走的脚步变得跌跌撞撞，止不住一滴泪水跌落进我脚下的泥土里，泪，难道它也不愿离开这片土地吗？

我多么希望这雪不要再融化，让夕格村落全部藏匿在白雪封存的记忆里。

嘉绒锅庄 ／摄影：小言郎

故土嘉绒

嘉绒农耕

在千百年来纷繁复杂的民族迁徙融合中，马尔康“四土”地区的嘉绒人一直保持着自己古老而神秘的“二牛抬扛”农耕方式和习俗，每年春播时节都要举行类似远古中原地区“祈年”的耕作仪式，春播春耕可不是随便可以打发了的事情，伴随它的是一系列古风犹存的宗教仪式活动，人们通过这些仪式向上苍和诸神求助并表达自己祈求丰收的美好愿望。

——题记

在梭磨河两岸狭长的河谷地带及其台地上，居住着一支有着自己独特民风民俗的古老藏族部落。他们称自己为“哥邻”，在唐宋时期中原人称他们为“西山八国”，而古代的西藏人则称他们为“嘉绒”。这里属于嘉绒藏族十八土司之梭磨、松岗、卓克基、党坝四个土司辖地，故又称“四土”地区。“四土”地区风光旖旎，气候特殊，土地肥沃，较完整地保留着嘉绒藏族传统的生产、生活习俗，明清以来一直就是嘉绒藏族的文化中心。走进马尔康，你立即就会被浓浓的嘉绒文化气息所包裹。嘉绒人从远古沿袭至今的“二牛抬扛”耦耕方式，就是在这片土地上孕育出的最为独特和神秘的人文景观。

大地的长歌

今年农历二月十五，我们来到马尔康县梭磨乡木尔溪村口，一阵喧哗声从寨子里传出来，今天是木尔溪村袁旦·石高让家里耕播的日子，全部的亲戚都来帮忙，男男女女数十人，大家都穿着极其漂亮的嘉绒服装。只见喇嘛端坐在土地最上方诵念春耕《赛依拉姆经》。主人家正在即将耕种的地块上用面粉勾画出太阳、月亮、星星、粮架等图案，祈求天降祥瑞，地显安康。

“风在吹啊云不息，云在走啊天不息，人在吆喝牛不息，牛拉辕轭犁不息，不息不息生生不息，祖祖辈辈年年岁岁。”一阵悠扬的歌声从谷底飘起，回荡在空旷的土地上，随那柔风飘逸至田边正在萌动的森林里，飘舞在春天雾霭笼罩着的山巅上。这是一幅多么盛大的马尔康“四土”地区的农耕景图啊，这是一个令人充满遐想和希望的时令，这是一个让人眼花缭乱和激动心跳的春天盛会。在悠扬的歌声中，姑娘们正悉心打扮着自己，细致地整理着夯土用的木锄；小伙子们则为其心爱的犏牛庄严地系上哈达，架上牛轭和犁头，并点燃采自高山的柏香为耕牛净身、解秽，祈求即将被犁耕的这片田土遍地黄金，收获丰硕。

神灵的启示

据《川康囤政》和《川康边界的嘉绒土司》记载：“梭磨河中游，土地颇肥沃，可资耕种，历来为嘉绒族占据之地”。在藏语里“嘉绒”的“绒”字指的就是农业。据史书记载，“嘉绒”是雪域藏区四个最大的农区之一，而嘉绒人则被称为是居住在温暖河谷地带从事农耕的居民。在千百年来纷繁复杂的民族迁徙融合中，嘉绒人一直保持着自己古老而神秘的农耕习俗。

在嘉绒地区，春耕播种的准备工作一般以一个自然村为合伙协作单位进行。播种的顺序是历史沿袭的老规矩，谁都不能破例犯规。要待那千年不变的首耕户开耕下种后，村里其他人户才能依次开播，木尔溪村每年由“阿家久”和“卡尔巴”两家破土开耕。春播春耕可不是随便可以打发了的事情，伴随它的是一系列古风犹存的宗教活动。下种之前得请高僧大德卜卦测算吉日良辰，举行诵经仪式。在嘉绒藏族农耕仪式中，背种人、撒种人、耕地人、牵牛人是四个最重要的角色，由谁来出任需根据天干、地支卜卦决定，他们的生肖不仅必须与当年藏历的五行相生，还不能和他们之间的其他任何一个角色相克。除属相要求之外，嘉绒人对这四大角色还有一些近乎苛刻的要求。背种人须在当年没有参加过葬礼，否则就会给农作物带来严重的病虫害，粮食产量也就会大打折扣；撒种人一般请那相貌堂堂、多子女、生殖能力强、种子撒得均匀又能很好控制用种量的成年男子担任；耕地人也要由身强力壮的成年男子来担当，须能很好地掌握犁铧入地的技巧，还要会唱当地的吆牛山歌，如果耕地时没有歌声相伴，那会被看作是对大地的亵渎，对神灵的不恭；牵牛人要选村子里年轻漂亮的姑娘或俊美的小伙，他们不仅聪明能干，而且善于控制耕牛的步伐、犁地的节奏，以便能在神示的吉日良辰将主人家所有土地准时耕完。袁旦·石高让家里土地较多，按照神示的结果，他家请了四架耕牛，八个耕地人和牵牛人，一个背种子的人和一个撒种子的人。

祈福的仪式

每年春播时节，嘉绒人都要举行类似远古中原地区“祈年”的耕作仪式，向上苍和诸神求助并表达自己祈求丰收美好的愿望。

经过占卜得到神示并按照神示选定人手后，主人家便在开播的头一天晚上把大家请到家里来，开始举行独特的“祈年”仪式。背种人、撒种人在春耕期间拥有至高无上的神圣地位，他们被安排在进门正对的最上方“卡普”位置上就座。这时，主人家要将火塘里的火烧得很旺，象征兴旺发达。男人开始用白面粉在“卡普”所在一方的墙壁上涂画吉祥八宝图案，在其他的几面墙上则涂绘出太阳、月亮、宝贝以及五谷杂粮等图案，以期盼丰收和富足。女人们则要准备好第二天数十人的伙食，并烤制一个面粉做成的大麦穗以备来日祭祀。在第二天的伙食中，烧馍馍是必不可少的主打食品。主人家会在每个馍馍的上面小心翼翼地盖上春耕专用的图章。每家每户图章的图案大同小异，一年只用一次。它们一般用杜鹃花木雕刻而成，有的图章已经沿用了数十代人。春耕专用图章成了嘉绒藏族古老农耕文化的一个永恒的符号。

祈福的仪式一直要持续到第二天播种结束之后，而举行仪式的场所也从主人的家里转移到了耕种的土地上，之后，再由田地转移到主人家里。耕播开始前，撒种子的人要先到地里捡一块泥巴放在绘有吉祥图案的簸箕里，将簸箕挂在自己的肩上，手持点燃的柏枝熏起烟，沿地界巡行，并不停地念诵《唆姆唆下种经》。而端坐在田地中央的和尚、喇嘛则不间断地朗诵着祈福的经文，祈求“山神、风神、土地神众神保佑五谷丰登、六畜兴旺、无灾无害、不打冰雹”，并要吹起海螺、敲起法器知照上苍人们的愿望。和尚、喇嘛面前要设置一个祭台，上面供奉上用面粉烧制的麦穗、一块象征土地之神的泥巴、一饼猪油、一只香猪腿以及相应的经书。播种开始，撒种人手持柏枝，口中念着“嗡、嘛、呢、叭、咪、哄”，将柏枝蘸上清水洒向四周，祈求上苍普降甘露、风调雨顺。与此同时，背种人将事先准备好的柏枝堆的“益瓦”点燃，并将糌粑、灰面丢进火堆，以配飨诸神。而此时，撒种人则开始将种子均匀地撒到土地里，并大声诵念“克依克依”，意即“狗来下种”。据说很久以前嘉绒地区没有粮食种子，是狗从大洋彼岸将种子带给了人类。在下种时诵念“克依克依”，可以保证种子尽快发芽生根。播种期间如果家里来狗了，那将是最幸运的，主人家会拿最好的肉给狗吃。种子撒在地上以后，耕地就正式开始了。耕地人唱着吆牛山歌，或根据耕牛脚步的节奏不间断地发出如歌的吆吼。欢快的节奏既会取悦自然诸神，也会让耕牛愉快地配合劳动。耕地是一项需要非常细心的活路，如果操作粗糙，姑娘们就会用夯锄将耕地人钩翻，让他出尽洋相。所以耕地人都会很用心地劳作。

耕地人将地块耕犁出一定的面积后，姑娘们便拿上木锄开始夯土，口里念唱着由六字真经演变而来的歌谣，同时诵唱六字真经“嗡、嘛、呢、叭、咪、哄”衍变的农耕歌谣和“赛依拉姆”经歌，请土地神原谅人们因在耕地、夯土时无意伤害昆虫和小生命的过失，并期盼小生灵尽快超度。歌声悠扬而明快，节奏感强烈。大家和着欢快的劳动拍子，整齐地举手弯腰，愉快地劳作。此景此图，让人有好似欣赏天舞般的畅悦。欢快的音符在女人们整齐划一的腰姿中飘逸，这时劳动已经变成了纯粹的艺术享受。劳者与观者都沉醉了，在这舞美动律中时间飞逝，释放一种空前的愉悦。我们禁不起诱惑，本能地拿起夯锄加入到了他们的行列，将自己融进了这种让人震撼而崇高的享受之中。

耕种结束后，耕地人诵念六字真经并将牛鞭折断丢到远处。回到主人家里，参加耕种的男女相对而坐，并将早晨准备好的那块泥巴作为土地之神供奉在火塘旁边。主人家给每人倒上咂酒，大家则开始高声诵念《措依格萨尔经》。主人将犁铧放在谁面前，谁就得敲击犁铧领诵《嘉绒农耕》。第一段是唱给山神、土地神、土地女神的颂歌；第二段是感谢民族英雄给嘉绒民族创造的今天，祈祷六畜兴旺、庄稼丰收；第三段是请求耕牛原谅，祝愿它在劳作之余能与漂亮的母犏牛尽情欢乐。男人先唱一句，女人跟唱一句。每唱完一段，大家要祈诵一句“啊喂”，再满满地喝上一碗青稞酒。

接着由专人诵唱一段近三百句《嘉绒农耕祈望史诗》，从牛的鼻子、牛的角、犁铧、各类牲畜唱到五谷。祝愿主人家“象牙穿牛鼻、犁铧变金子，牲畜万万头，吃穿不用愁”。歌颂远古的神狗衔来种子，南方的大鹏带来吉祥，高山的青草带来牛肥马壮。歌颂万物和自然，感恩天地的造物，祈求上天赐予人类美好的生存环境。在三声“啊呀嚷巴拉嘿嘿嘿……”中完成当年农耕全部的祈福仪式。

独特的耦耕

值得一提的是，在木尔溪，我们发现了一种最为独特的耦耕方式。

众所周知，用两牛耦耕，在西亚、北非地区的阿拉伯国家都很流行，但牛轭均加于牛的肩颈之上。但在木尔溪人们并不是将牛轭加于牛的肩项，而是加于牛头顶并与两角紧紧相缚，以二牛两角之力挽拉着犁铧前进。配伍的两头牛的个子和体格要求基本一致，抬头的仰角相差不能太大。捆绑牛轭的手法非常讲究，为了防止耕牛受伤，主人会在牛的头顶上垫上叫“供巴”的红布垫子，并小心翼翼地将横轭放在牛的头顶上，将横轭与牛的犄角捆绑在一起。耕地时，人们要精心地打扮自己的耕牛，有的要在其角上用各种颜色涂出各种图案，有的则在牛角上系上红布和哈达。这一种非常独特的耕犁方法，我们在其他地方还不曾发现过。主人家介绍说，出现这种耕犁方式是因为最初发明牛耕之人，看见犏牛争斗总是用其两角，或以额相抵，便以为牛的力量集中在角上，而不是在肩项之上，便发明了这种独一无二的耕地方式。这种耕犁方式创造时间很早，虽然不甚科学，但据社会学家考证，这种原始耕犁方式要比中原普遍开始使用耕牛犁地的时间还要早上千年。

欢乐的盛会

春耕春播既是播种收获和希望的节日，也是全寨男女老幼狂欢的盛会。耕播期间，人们穿上吉日的盛装，将家中好吃的好喝的毫不保留地献给来耕播的人们。在这一天，所有参与耕播的人要五次进餐，以示丰衣足食和主人的殷勤、大方。地里就要进三餐，其中最重要的一餐被安排在主人家的田地中，届时男人们向着主人家房子的方向席地而坐。女人则在对面以跪姿入席，形成一个“U”字形的坐圈。和尚、喇嘛以及撒种子的人坐在最上方。就餐前照例少不了一番神秘的仪轨，和尚、喇嘛在祭坛附近要画上一个代表土地的八角星，并高声念诵“耕种吉祥词”。

饭前还有一个非常有趣的活动，叫作“绑种子”。年轻的姑娘们用鞋带子将背种子的人反绑起，让他背上一只靴子和代表土地之神的泥块回到主人家里。主人见此情景，会及时将他松绑，并请他将好酒好菜送到地头。寓意农作物快快生根、发芽、结果。在愉快轻松的气氛中，人们酒足饭饱，便开始尽情地狂欢。这时有人会突然抓起熏烟余下的面粉撒在其他人的身上。这是一种祈求吉祥、表示友好的狂欢。见此情形，所有人便会拿出事先准备好的面粉相互掷撒。顿时场地上面粉挥飞，白如飘雪，人们你追我赶，嬉戏玩耍，男女老少、主人客人，直到将每个在场的人都变成白色的面人方肯罢手。接着开始狂热的“筛糠”游戏，一般是五到六个人拽着一个人，将他（她）反复抛向天空，直到本人求饶方会放下，每人都要融入其中，年轻的姑娘、帅气的小伙，还有外地的客人。如果只顾热闹，往往会被异性首先作为“筛糠”的对象。狂欢结束，人们趁着烈烈的酒性和极高的兴致开始新的一轮劳作，直到按照卜卦测算的时间将主人的田地耕种完成。

唱歌跳舞是嘉绒人生活的一种常态。俗话说："会吃饭就会喝酒，会走路就会跳舞，会说话就会唱歌。"耕种结束后，所有的男女老幼还会抓紧就餐前的一段时间，围着火炉或篝火尽情地唱起古老的民歌，酣畅淋漓地跳起传统的嘉绒锅庄。直至跳到月明星稀，兴致勃然方肯罢休。锅庄不仅是一种重要的娱乐方式，也成了嘉绒人祈求丰收的重要活动。

故乡的场

记得有人这么说过："我之所以喜欢回到故乡，就是因为在这里，我的眼睛、心灵与双足都有思想漫步之处。那里有我们望得见的乡愁。"我的梦牵着自己的故乡，常常思念故乡的场，思恋着与场有关的一切。

故乡土门，在茂县城西，翻过土地岭大概五十里的山谷地带，它是父亲的老家。历史上这里庄稼地里就盛产玉米、荞麦、大豆和向日葵。玉米、大豆养育了我的父老乡亲，余下的粮食也喂养着这里的土鸡和土猪，土门的土鸡蛋和风干腊肉特别出名。土门的各类山货药材也特别多，品质上好，就因出产丰富，故乡以物易物的场，从古至今就没有衰败过。这里的场也就是市场，只是每隔三天才会集中交易一次而已。

逢场那天，远隔十里八乡的老乡们就会从各个高山峡谷赶到这里来，由于这里民风淳朴，交易品种丰富，交易时间固定，土门老街的场比任何地方的场都人气旺盛，自古以来每三天就赶一场。

故乡的场，在茶马古道那年代就属于本土的物资与外地百货交流的大市场。故乡的场，也是亲情友情的联系场，也是民俗民风的展示场，自古以来好像就不会衰减。

可是现在，每当逢场天，望着故乡有些寂寞的青石板街道，我开始担心了，担心故乡土门的场，是否已经不可以就这么亘古不变地交易下去了。

过去，故乡山清水秀，溪水清澈，林木修茂，夏天野百合也开得漫山遍野。山货野果成片，如山核桃、野毛梨、野板栗、土漆、天麻、野柿子、野枇杷还有很好的油扎条和青冈柴；野生动物中的野猪、野熊、野羊、小熊猫、猴子和蛇也是满山可遇。除了珍稀动物外，所有的山货都可在市场上进行交易，茂县、汶川山外的人要买山货和土特产一般首选土门。

逢场天，也是土门姑娘、媳妇羌绣的展示时间，她们不仅把最美的绣品穿着上街，也会拿着自己的绣品到场上来交换物资，每次逢场姑娘们都会打扮得漂漂亮亮，小伙子们也打扮得大大方方干净得体，逢场也成了姑娘小伙子挑选对象的时刻。

由于土门的场功能齐备，所以它生命力旺盛，各种生意经久不衰，名声在外。小时候爸爸带着我们一家常回土门老家过春节。每次回故乡最盼望的就是逢场天。

逢场天，我们一大早就会起床，爷爷奶奶把火塘烧得旺旺的，大铜壶的马茶熬得满满的，奶奶会在大鼎锅里熬上一大锅野味肉炖山豆汤。一大早就把双扇木门开得大大的。开门就会看见整个青石板街，街上全是高山下来背着各种山货来交易的老乡们，也有茂县城那边和附近几个区过来选山货和小百货的老板们，街的两边琳琅满目地摆满了各种山货野味特产。在几年前，这里的人们交易方式基本还是以物易物这样进行的，一捆不是空心的柴可以换得两块红糖或者一捆海带，也可以换得一把上好的弯刀或者锄头，也可以用一筐鸡蛋换得几大尺碎花布，人们在约定俗成的价值比兑中自由地交易，换取自己需要和认为满意的物品。

这时，我家高山上的亲戚一定都会齐聚在我家的大火塘旁，满满一屋子的笑脸，一起分享彼此的快乐和收获。就会听到阳木鱼高山的表哥和表弟如何用熊胆和天麻换到一个大铜锅的喜悦，大树坪的表嫂用野板栗和一筐豆腐干与县城来的老板换得了一袋大米和几扎五彩丝线，大水沟孃孃的漂亮女儿珠珠用一筐土鸡蛋，换了几封麻饼和几封上好红糖正高兴得合不拢嘴，大孃孃的儿媳妇也拿当归换得了一丈多小红翠花布，她还用布在身旁的孩子们身上翻来覆去地比画着，计划一回家就要给娃娃们裁剪过年的新衣服。最喜欢爸爸的郑家孃孃，是爸爸的表妹，每次赶场都会背下来几捆柴，早早就坐在火塘边我奶奶身旁，她一定要等到整个场散完后，吃了爸爸亲自做的麦面汤圆才回家去。

本家亲戚，亲戚的亲戚，山上的熟人，这个时候不断地来到我家里，喝水的喝水，烤火的烤火，热闹非凡，场散了，远处的亲戚一定要留在火塘边吃上一个馍喝上一碗汤才会赶路回去。

总有孝顺的后辈们会给奶奶爷爷带一只或者两只山上打下来的风干野鸡，或者一块熊肉，或者豹子肉，一小袋山核桃，几只野鸡蛋，把山上山下，家里家外一些愉快的故事都放在火塘边来与亲人们分享。

从孩提时开始，我就迷恋故乡的场和故乡火塘边的那些美丽故事，最留恋的还有火塘旁温暖的亲情。

在亲人们欢畅交流的时刻，我很多时候会溜出房间跑去赶场。

后来，由于读书工作，回老家的时间逐渐少了。现在每年清明回去为母亲扫墓，我们和几个兄弟姊妹一定也会去赶场。

最近几年回土门，不知为什么，我发现土门富有特色的古老的交易市场，场地已经悄悄逐步由我家门口的青石板下街移到了青石板的上街口，感觉还差点就移出了整个青石板街。这是我最担心的事，因为由于场地的移走，故乡青石板街固有的坐地生意几乎不存在了，目前赶场购物的时间由于过于短暂，人们留在土门街上消费时间几乎很少了。这古老的热闹的市场一下变成了好似成都九龙市场一样，人们一大早批发完货物就各自散伙回家了，街上过去经营小百货的、小食店的、小茶铺的、小旅社的、小客栈的大部分都生意清淡，有的甚至关门了。没有生意做，土门街上的年轻人都外出打工去了，只剩老人和牙牙学语的小孩子留在古老的青石板老街上，每次回土门总有一种说不出的落寞。

随着时间的变化，近年来，这里山货也不再是以物易物了。土门发展成了工业园区，工业区的厂子在街头和后面山上开辟了一条大道，人们采购货物就在大道两旁了，货物直接用小型货车和大货车拉了，于是整个土门老街青石板街市的交易就全部移到街口新开辟的大道上去了。

不知道是环境变化抑或是山货少了，还是道路方便后商家来得频繁了，故乡的场虽然在，乡亲们依然还是隔三天来街上交易物资，可豆腐干和土鸡蛋不到八点就一卖而空了，当我赶早起床去看土特产之类山货的时候，一般只见山民们收拾背篓回家的背影了。

街上过去经营小百货的、小食店的、小茶铺的、小客栈的也大部分生意冷清或者干脆关门了。

那年，大嬢嬢家土地修道路被征用了，大嬢嬢几个孩子用赔款的钱各自购买了小车，需要什么就去茂县或者干沟购物，来土门青石板街上的时间也少了。漂亮的表姐珠珠家里得到几十万元的赔偿，按理该过上好日子了，可是，由于她家儿子媳妇与她在这么多钱的使用计划上有严重的分歧，珠珠表姐一时想不开喝下农药离开了人世，火塘边就再也没有出现她那张昔日漂亮的笑脸了。这个时候我就会不开心地想，如果场不在了，我那八十多岁的郑家孃孃还会在逢场天回我家的老房子门口，几十年如一日地继续来坐坐，等等她的大哥回家吗？每当想到这一切，我就很失落地站在青石板的下街，感觉自己都变得十分孤独了，望着长长的青石板，多么希望表哥表弟和姐姐妹妹们左手孩子，右手土鸡一路欢笑地出现在街市。

去年清明，我又回到老家住了十余天，每当到逢场天，我很早起来也几乎无法买到想要的土货，只好委托表妹的干亲家才算买了几十个土鸡蛋。中街、下街的几家店铺生意变得冷冷清清，只有上街一家茶馆里有三两桌打小麻将的人，在那里大声说笑着。我走到米家婆婆家吃了一碗清真面条，米家婆婆说我是难得回家的客人，坚决免费请我吃一顿面，吃饭间她告诉我说：“土门小吃生意清淡了，媳妇和儿子带着孙子去茂县城里卖清真牛肉面了，生意很不错，媳妇能干，儿子就回来留在土门，继续经营清真面食生意。”她还说：“过去生意好的时候，家里来吃饭的生意人每天有几十个，现在没有那些场面了。”她说这些话的时候，我们俩都暗自伤感着，我静静地，很慢很慢地吃着那一碗很好吃的清真牛肉面。

逢场天，不到上午九点，留在土门街上那些婆婆爷爷和孃孃们就完成了购物任务，吃完了早饭，大家搬出自己家的板凳依次坐在街沿上，说着各家听来的新闻和地里庄稼的长势，交流着各自怎么看管孙子们的心得，以及该什么时候去石王菩萨庙搞义务劳动的事。他们说，无论如何都会留在街上守着这青石板的古老街市。一眼望去，满眼皆是清一色身着羌装的八十多岁、九十多岁的老人，我心里也暗暗庆幸这里原生态的生活让老人们如此健康长寿，使我每次回老街能见得到儿时最熟悉的街坊邻居，但是也暗暗遗憾不容易见着的外出打工的年轻人和亲戚们。

往往这时，总是忍不住目光望着土门下街三元桥石梯子那方向，幻想着山上的汉子们该背着柴捆上街来了，也幻想着表姐表哥背着山货来到家里火塘边歇息一下了，忍不住要望望古老土门街道那条长长的青石板街道，望望道路两旁微微关闭的那些木门，老街冷清而寂寞。

还好，每当逢场天，我总会在家里的火塘边等来八十多岁的依然美丽端庄的郑家孃孃，一身蓝色的羌服穿在她身上合身而得体，她总是会用弱弱的声音提醒一下我："给你爸爸说一下，让他回老家吧，都八十多岁了，该是回来了，你伯伯把老人们百年以后需要的木料都准备了，喊他回来吧。"

当年奶奶就告诉过我，我年轻的爸爸和他的表妹，也就是郑家孃孃青梅竹马恋爱着，由于郑家孃孃的爸爸嫌弃我的爷爷抽大烟败家，坚决反对结这门亲事，强行将美丽的郑家孃孃许配给了别人，我奶奶一气之下也给我父亲定了一户亲，父亲接受不了这个现实赌气离家出走，那年父亲不满16岁，后来父亲参加了工作，八年后与母亲结婚后才回家。郑家孃孃一辈子也没有离开过土门，但是她却几十年如一日每到逢场天就从山上下来，来老街上去老家火塘边坐坐，就这样，快七十年了。这几年老家的守家伯伯与儿女在外地做生意，很少回家，老家的门几乎关着，可是郑家孃孃每到逢场天依然会风雨无阻地来门前的长条圆木凳上坐一坐，等一等。山上的家人都知道她到土门街上赶场去了。今年我回家的第二天就是逢场，一大早刚打开门郑家孃孃就推门进来了，她对我说："哪怕我什么也不买，也没有东西可卖，每场我都会按时来这里看看，可是，这里的门常常关着，今天总算看见门开了。"

她几十年如一日地期盼着她的大哥和远离故乡的亲人们能回

家。唉，我也如她一般期盼，期盼故乡的亲人能常回故乡土门来看看。故乡那些外出的人们，你们可别离故乡太远了，老了就回家吧，那里有我们的乡愁，那里有故乡的场。

嘉绒日木确

“日木确”，这天既是嘉绒藏区祈福山神的日子，这天也是大端阳，传说是莲花生大师诞生的日子，每当这天他会降临人间，他会路过每一处植物和鲜花，所以人们会去朝拜自然和植物。这天也是人们玩坝子、耍帐篷、跳锅庄舞、开展体育竞技活动的日子，也是村人一起欢乐团聚的日子。“日木确”仪式后，接下来嘉绒藏区的“若木纽”看花节就开始了。

——题记

看花节也是看花赏景、娱乐、歌舞和青年男女恋爱的日子。远方的亲人都会赶回村来参加这次活动，这是嘉绒藏族除春节外最隆重和最热闹的节日，整个活动在一种庄重而神圣的气氛中开始，在愉快欢乐中度过。

今年的农历闰五月十五日，我应朋友的邀请，来到马尔康昌列山参加“日木确”仪式。早晨六点过，出县城几公里，越野车进入山下的俄尔雅藏寨，晨曦里整个寨子被袅袅桑烟和轻飞的经幡包裹着，呈现一派空前的祥和与宁静，山寨旁的蔷薇花和大丽花在盛夏里开得嫣红霸气，这花如高原民族的性格一样透着满满的阳光气息，房前屋后的田地里一派生机盎然。汽车穿过寨子，开始攀爬村后一条乡村小路，几米宽的道路两旁缀满了野玫瑰和丁香花，山路弯弯，夏季的昌列群山变成了花草的海洋。

由于一夜的雨，使得山上的植物变得更加生机盎然，这个季节是山花烂漫和野玫瑰盛开的季节，一路上叫不出名的山花让我们眼花缭乱，不时还看得见成堆群的野菌刚冒出青草的情景，这里是阳光充足和雨水滋润的山川。路旁不时还有惊飞的野鸡和鸟儿们，空气带着植物花草的清香扑入我们的心肺，美景和清纯的空气好似自然界奏出的一曲和谐而美妙的乐章，让人享受让人向往。我突然为那些不喜欢户外活动，一天只想坐居城市的人惋惜，很多美丽的心情和风光其实就在离城市的不远处，我们却让它错过了一个个季节。

我们希望自己是能第一个到达山顶的人，据说能最早到达山顶的人是一年里最最吉祥的。但是当我们来到半山腰时看见已经有不少车在我们前面了，他们起得更早，同样想最早到达顶峰。大家已经聚集在昌列后山一个叫“哦洣”的最高山峰上，人们认为每一座高山都是有神居住，在圣吉高山上许下自己祈求未来美好的愿望，当愿望许下后，人们会认为过去一年的不如意已经随着这新的祈福飘去，人们会毅然忘掉过去的不愉快，燃起新的希望。之后各自然寨还将回到离自己村庄最近的那座山峰继续敬山神，玩耍直到傍晚。

随着道路交通的改善、人们生活的富裕，很多家庭都有了小车，拜山神的活动变得多了一些现代的气息，人们都会在更高的山峰去欣赏美景，完成更丰富的敬山神仪式。敬山神的食物就自然多了清油、矿泉水、瓶装酒等，龙达和经幡更加多彩……但是，传统的仪式和那份虔诚的心却没有改变。

“日木确”仪式

当我们到达山顶时，人们已经将玛尼堆上堆着的柏枝和松树枝的“意瓦”点燃，桑烟已经袅袅升起，喇嘛们诵起敬山神的经文，人们根据经文所念到的山神名字向“意瓦”上不停地献上酒、糌粑、酥油、清水、糖果、面粉让桑烟变得更浓，人们认为桑烟越大人类美好的愿望就会更好地送达山神，山神也会更好地享受人们供奉给他的食物。他们认为山神与人一样有喜怒哀乐，需要万物滋养。

敬山神“日木确”这一天，被认为是世界上最好的一个日子，时间在每年的农历五月上旬。据说每年这一日子得请高僧大德测算后再定，整个藏区都会举行祈福山神的“日木确”活动，每一座山峰上都会升起吉祥的桑烟……每个人都带了丰富的礼品，人们要把自己庄稼地里的所有农作物在这天带给山神享用，祈福山神的仪式神秘而又庄严，人们怀着一颗最最虔诚的心，庄重地向山神敬奉食物、念山神经、煨桑许愿、插风马旗、撒龙达。

据说在嘉绒地区最大的山神是“嘉绒墨尔多”圣山，他拥有一万个人和三万匹马的力量，他是具有生命的。其实这个解释，我理解的是这座“嘉绒墨尔多”圣山能养育的生灵数目应该至少是一万个人和三万匹马这么大的数量吧，人们认为有山有水就会有植物，就会有生命的诞生，认为每座山都有山神居住，所以人们得爱惜和给每座山所有生命以平等的保护。如马尔康查北村的山神叫“嘉绒切索”，俄尔雅的叫“哦涞”，每座山神都会得到敬奉。今天，喇嘛们诵念的经文全部都与每一个山神有关。

进入后山的森林草甸带，车在高山的草地上如履平地，自由选择路线，平时我们眼里的高山其实很平坦，心情随着山路的延伸而不停地攀升，更加变得绚丽而透明。

茂密的丛林里突然奔驰而去一群剽马，从我们眼前很快地掠过，惊飞了森林中的雀鸟，马群跑到对面的草甸里悠闲地啃起草来。经幡龙达、玛尼风旗、深山藏寨、高山祥云、千年结雪、森林草甸、烂漫山花，一派生机盎然原生态……

高山上的经幡在风中发出猎猎声，山顶上，祭山的仪式已经开始。在喇嘛诵经声中男人们在法师的带领下扛着风马旗，跑向玛尼堆，大家聚集在玛尼堆的周围转圈，并发出“哈甲洛”喜悦的呐喊声，释放着一种空前的愉悦。周围燃起了柏枝点燃的桑烟，人们将白面、酒、酥油、麦穗、糖果抛向玛尼堆，以供奉山神。滚滚的桑烟使整个活动变得很神秘，犹如仙景一般，男人们爬上玛尼堆，各自把风马旗插入其中。这时候，周围的人们开始向天空抛撒龙达（印有狮、虎、龙、马和经文的小纸片），天空顿时五彩斑斓，全是祈求愿望实现的龙达，群山与天空中朵朵白云构成了一幅妙不可言的画卷，不知不觉飘落到地上的龙达已经淹没了脚背，每一种颜色代表不同的意思，龙达随着山顶的微风飘散，这些龙达随风而去，带走人们美好的愿望！震撼、古老、神秘而且壮观。

这时的煨桑、撒龙达、诵经、插风马旗都是成年男子的事，女人一般不接近那些，她们坐在离敬山神很远的山坡下方，听喇嘛诵经，孩子们坐在稍高一些靠近煨桑的地方。

是一种什么力量占据着他们的心灵？是否在他们心的高空，真的有神灵俯视着，在他们心中的神山圣湖中，真的有神住着，他们眼中的四面八方都有神管着。或许有一点可以肯定，他们的世界比我们看到的更加纯洁。我呆立在蓝天白云下这秀美的山川中，恍如幻觉，这时，一切凡念都显得很苍白，特易显亮那无垢的灵魂，仿佛自己已经变成了一个纯净的仙子，飘然的心能与白云对话，敞开双臂将自己融入群山的胸怀，充满了对自然的崇拜和敬畏。

万物的崇拜

嘉绒地区藏族敬山神活动是纯粹的自然崇拜，是人们长期与自然打交道对自然神秘力量的敬畏，人们将自己土地里产出的所有食物都要带上山敬奉给山神，喇嘛会按照经文所念及内容依次将清泉水、麦面、糖果、青稞美酒、酥油、糌粑、五谷粮食统统抛到玛尼堆的“意瓦”上，随着点燃柏枝一同化作桑烟飘向山神居住的天堂，桑烟愈浓升得愈高就表示人们的心越虔诚。人们眼中山神是有生命的，他一样需要食物和水，需要五谷营养，人类珍重自然，自然就会给世界带来风调雨顺，五谷丰登。“日木确”仪式上动物肉是不能抛给山神的，否则山神发怒，就会给人类带来冰雹、雷电、病虫、泥石流等自然灾害。

每年这个季节，人们都要爬到山的极顶，敬山神，看风光。先辈们选择在这个花草和庄稼生长最繁茂的季节，让后代儿孙们上山朝拜山神，其实是给人们提供一次全身心亲近自然、观察自然、体会万物之源的最佳契机。人们通过观景拜山神活动，从每个人的内心去强化激发对山水自然的热爱和保护之情，让每个人都在神圣的山神面前许下美好愿望，先辈们相信人们也会为那些许下的愿望而努力奋斗。

嘉绒藏族先辈们给后代传承下这一浓烈文化气息的“日木确”和“若木纽”，是一剂良好的调理身心的灵丹妙药，他们会认为过去一年的不如意已经随着这新的祈福一去不复返了，忘掉不愉快燃起新的希望，所以才有了更多希望的曙光。让人们少了肆意破坏自然的行为，多一些爱护自然的行为。不得不佩服先人们的聪明智慧，他让后来的人们真正体会到大自然是给人类提供衣食住行的父母，是值得我们珍重和爱惜的一个“神”。只有人与自然的真正和谐才是世界最高境界的和谐，珍重自然，亲近自然。

看花的季节

“日木确”活动也是马尔康嘉绒藏族一年一度看花节的开始，在嘉绒地区，每年的看花节时间都不一样，每次都要请高僧大德测算后确定，汉区和藏区的人们都会在这天到寺庙里或最高的山上熏烟、祈福，将美好的心愿许给上苍和诸神，祈求风调雨顺，吉祥美好，人人平安健康。

上午所有的神山都燃起了桑烟，仪式后人们开始在帐篷里外自由的活动，喝酒、吃肉和闲聊。下午跳锅庄、摔跤、拔河……男女齐参与！这是山花烂漫、野玫瑰盛开的季节，当然也是青年男女谈情说爱的季节，看花节让所有人心情与鲜花一样美丽，充满激情，是个祈福的好日子，我为我爱的人和爱我的人，为世界上所有的生灵祈求幸福平安！

随后的“若木纽”看花节，各村寨的男女老幼都要带着最好的酥油、青稞酒、香猪腿、糖果和水果回到村子附近的草坪上搭起帐篷。看花节是嘉绒人祈福、团聚、歌舞和男女青年谈恋爱的季节。在七至八月，各村各寨根据各自的气候时间安排开始过看花节，一般七天左右，最长的可达一个月。

阳光下，昌列山和周围的群峰是那么的俊美，对面的嘉绒切索山脊一道一道残留的雪带在丽日下发出迷人的亮彩；蓝天下，森林和草甸像绿色海洋，很宁静，偶尔还有山鸡在林中惊飞，野兔在路上急逃，一路鸟雀啼鸣，婉转动听。这样的情景呈现出一幅人与自然和谐美丽的画卷。我记得有人说过“蜗居在马尔康县城的人们，天天都见这山这林，却没有几个人真正走进了它，这不能不说是现代人的悲哀”。

具有八百年历史的昌列寺就坐落在海拔3300米的山腰上，在嘉绒藏区，每座被人们认为有灵气的山上都会有玛尼堆和经幡，飘扬的五彩经幡和桑烟使四周的群山仿佛有种灵气在升腾，人们站在寺庙的左边山梁上，顿觉众山之神的地域文化熏陶出的美丽自然景观变得更加厚重。

嘉绒人的锅庄

“四土锅庄”“西藏踢踏”与“巴塘旋子”被舞学专家并称藏族最古老的三大舞种。嘉绒人，不管春夏秋冬，喜庆时刻和日常生产生活中，酷爱踏跳这种叫锅庄的舞蹈。锅庄分大锅庄、小锅庄。马尔康地区目前保留至少有几百首古藏语唱词的锅庄舞蹈。跳锅庄，不仅讲究唱词，古舞姿态，还必须配以华丽服饰，整歌合唱协调韵律。舞者往往必须端庄神情，心手相通，情感默契。用于取悦神灵，取悦天地，取悦山川，取悦自己……舞之、唱之，直到通宵达旦，直到酣畅淋漓。要让一切的快乐和祝福升华于天地之间……

——题记

马尔康是中国嘉绒藏族文化的腹心地，是嘉绒藏族原生态民间文化发育最充分、保留最完整、积淀最厚重的地区之一。马尔康被誉为“嘉绒锅庄的故乡”，马尔康的嘉绒人更是将锅庄跳出一个个锅庄历史上的奇迹，古老的锅庄舞活了阿坝的秀美山川，舞动了一个民族的精神。

马尔康，是一方祥瑞之地，它位于青藏高原的东南缘阿坝藏族羌族自治州的州府所在地。这里山川秀美，森林茂密，群瀑飞泻，四季分明，文化历史悠久。千百年来，生活在这里的嘉绒藏族创造了古朴厚重的嘉绒文明，犹如璀璨的繁星，充满了令人意醉神迷的诱惑。

在嘉绒藏语中，锅庄叫作“达尔嘎”，意为“舞蹈”。嘉绒人在日常的喜庆聚会时，只要有人一声吆喝，人们很快就会围成一圈，男前女后，连臂牵手踏歌起舞，跳起欢乐的锅庄，因其舞姿优美，歌声独特，参与的人数众多而久负盛名，被称为“中国圈舞的活化石”。2004年地处川西北高原的马尔康跳出了千人同唱万人同舞的一场壮美的锅庄盛会，打破了上海大世界基尼斯“规模最大的嘉绒锅庄展演活动”的纪录。

今天，马尔康的广场锅庄已经成为蜚声境内外的知名文化品牌。嘉绒锅庄那豪放的舞姿和古朴优美的歌声不知牵动了多少游人的心。每天傍晚，当你走近马尔康民族文化宫广场，就会被回荡在广场上空的“阿冬拉依”“阿姐哟”的歌声深深吸引，广场上常常会有几百人同场踏跳一曲古老嘉绒锅庄舞的盛况。如今，到这广场来跳锅庄的既有机关工作人员，也有附近村寨的农民、外来务工人员、中小学生还有来自全国各地的游客。时有美国、加拿大、法国以及东南亚几十个不同国家和地区的外国游人会在锅庄队伍里出现。老少皆舞，队伍里年龄大至七八十岁，小到几岁，大家来到这广场上或跳舞或观舞，一样的心情一样的愉快。

马尔康过去属于嘉绒十八土司的梭磨土司、卓克基土司、松岗土司、党坝土司辖地，过去也叫“四土地区”。从元朝中央政府在嘉绒地区设立土司制度以来，四土成为土司开始制度管理最典范的地区。“四土锅庄”“西藏踢踏”与“巴塘旋子”被舞学专家并称藏族最古老的三大舞种。嘉绒人，不管春夏秋冬，喜庆时刻和日常生产生活中，酷爱踏跳这种叫锅庄的舞蹈。锅庄分大锅庄、小锅庄。马尔康地区目前保留至少有几百首古藏语唱词的锅庄舞蹈。跳锅庄，不仅讲究唱词，古舞姿态，还必须配以华丽服饰，整首歌合唱协调韵律。舞者往往必须端庄神情，心手相通，情感默契。用于取悦神灵，取悦天地，取悦山川，取悦自己……舞之、唱之，直到通宵达旦，直到酣畅淋漓。要让一切的快乐和祝福升华于天地之间……

与其他藏族人一样，能歌善舞是嘉绒藏族人的一种生活常态，嘉绒藏族人生来便有“能吃奶就会喝酒，能说话就会唱歌，能走路就会跳舞”的豪放性格，嘉绒锅庄是嘉绒藏族舞蹈的主要形式。历史上嘉绒地区是本教最盛行的地区，嘉绒藏族也基本是全民信教的民族，嘉绒文化与宗教有紧密的联系，凡属重大的活动、抑或迎送上层人物都要举行锅庄活动，通过歌舞来表达对神灵、自然万物、日月山川、英雄人物虔诚的崇拜之情。今天，随着社会发展，人类情感世界的丰富，除了对日月山川和英雄人物崇拜之外，更多的是抒发对生活的美好感悟，表达男女之间的爱情。无论是夏日炎炎，还是寒冬天气，哪里有人群哪里就有锅庄，无论是庆贺节日，还是一般的聚会，嘉绒人都喜欢穿上艳丽多彩的民族服饰，跳起锅庄以此来表达内心的喜悦和欢快。人们对锅庄的热爱，就像植物离不开雨露，经过千百年来的凝练，锅庄已经成为嘉绒藏族不可缺少的精神食粮。

具有厚重文化底蕴的嘉绒锅庄，使每一个有机会接触到的人都会情不自禁地爱上它，没有一位艺术家不为这绚丽的民族民间文化瑰宝怦然心动。每日的广场聚会就自然承载了这种情感，每次跳锅庄得先由一位德高望众的男性长者致颂词，男女按班辈而立，人数众多，领舞者手执串铃，先歌后舞，随着歌的节拍，踏跳缓慢的舞步顺圈而蹈。一般先跳一段颂扬喜庆之舞，然后跳颂扬日月山川、宗教神佛等为主要内容的集体舞蹈，最后以表现吉祥如意的舞蹈为其高潮而结束。场面波澜壮阔、蔚为壮观。舞姿沉着稳健、舒畅自如，表现出嘉绒人善良、豪放的天性。

重庆来的陈先生组织公司的高层管理人员到马尔康自驾游，晚上他们兴致极高地加入到锅庄队里，他说：“马尔康是个美丽的高原小镇，县城不大，没想到还有这么热闹的地方，这种原汁原味的民族舞蹈，古朴优美让人身心愉悦，让我们大开眼界，能参与广场这么大规模的原生态民族舞蹈使我们不虚此行，大家都说明天再待一天，争取学会一两支锅庄舞。”

打工的泸州小伙胡小军说：“以前我们打工族的业余时间主要是打牌、看录像，一次偶然的机会来到广场，看见这唱腔悠扬旋律明快的舞蹈，感动了我们的心灵，从此以后我们天天都来这，刚开始主要是看，不好意思加入，慢慢地就加入进来，现在我们全部会跳了。”

来自韩国的游客金顺姬小姐用她不太流利的汉语说：“这种舞蹈真是太美了，自己仿佛融入了这里的高山森林之中，这种体验太妙了、太迷人了。”

就这样嘉绒人将锅庄从远古跳到今天，从马尔康跳向世界，还要跳到更遥远的未来。

无论是踌躇满志，还是彷徨失意，只要一跳起锅庄，人们的心中就会升腾起一种美好的情愫。歌声表达人生的美好期望，舞蹈抒发对生活的热爱。男女老少和谐欢快的舞姿，构成了马尔康夜晚的一道魅力风景，广场锅庄放飞的心情飘荡在峡谷的旷野之中，成为嘉绒人心中的永恒。当你走近马尔康广场锅庄，不管你来自何方，你都会被这古老而浓郁的嘉绒文化气息所包围。如今马尔康广场锅庄已经成为富有感染力和视听冲击力的“文化兴旅”品牌，成为马尔康精神文明建设的一道亮丽的风景线。

嘉绒人的葬礼

为达尔基叔叔送葬那天，是初秋雨后的一个早上，送葬队伍出发时，太阳柔亮的光芒刚洒到村庄的碉房，也照在从村口蜿蜒到山边的那条小路上。送葬的队伍静静地爬上山岗，慢慢走过那片只剩油菜秆的大地边，地里的油菜已经全部收割完，林中的树叶刚染上淡淡的秋色，那一缕缕淡淡的颜色，就像村里人心里那丝淡淡的忧伤。

那地，是达尔基叔叔生前栽种过无数岁月、麦子和油菜的地方，叔叔和老妻带着孙子们，不久前刚收割完那地里的油菜，现在，地里只留着油菜秆。油菜地的一头挨着茂密的森林，叔叔的墓地就在油菜地头茂密的森林边。

送葬这天，老老少少的村人，默默地跟在抬棺人的后面，整个队伍里，没有谁发出哭泣的声响，只听见，送葬人们的脚步，轻轻地踏过初秋的落叶，留下一串轻轻的沙沙的脆响声。

送葬的人们，走在叔叔曾经走过一生的那条山路上，脚步轻慢而有力，在这浅浅的秋意里，仿佛怕惊醒了达尔基叔叔深深的睡意。

当全村人到齐时，男人们在大地中央选择一块平地，用柏枝煨起浓浓的桑烟。年轻人在墓地周边的木桩和树丫上，悬挂玛尼经幡。很快，带着全村人祈祷祝愿的经幡，在晨风和桑烟里飘扬起来。瞬间，经幡在天地间发出忧伤的猎猎声，空气中的玛尼安魂歌变得更加凄美而庄重。所有的女人以半跪的姿态坐在大地上，开始为她们村里的这个大男人，逝去的达尔基叔叔，诵念六字真经演唱的玛尼歌。桑烟弥漫大地上空时，玛尼真经歌轻轻诵起——“嗡……嘛……呢……叭……咪……哄……”，歌声空灵而凄美。

秋天土地上，飘扬的经幡声、袅袅升起的桑烟、妇人凄美的玛尼经歌和喇嘛的诵经声混合成一种独立的，呈现出一幅带着淡淡忧伤的神秘的画面。这种画面显得庄重而优美，仿佛要如期完成一场天地间无与伦比的，以生命抵达秋天时的盛大礼赞，这画面诗意地表达着嘉绒藏族人对生与死的理解，对生命无限的尊重和渴望。村人说，今天是亲人和朋友，为逝去的这个村里人举办他一生中最隆重和尊严的仪式，也是他生命中的最后一次仪式。在这一时刻，所有村人，默默地送给一个逝者最虔诚的祈祷和祝愿。

达尔基叔叔走了，用的土葬方式，阿叶告诉我，土葬是叔叔自己选择的安葬方式。入土时间，是按照嘉绒人的风俗请喇嘛测算的，安葬的地点和方式，也是由叔叔他自己选择的。叔叔生前打制了两副棺木，一副自己用了，还有一副留给老妻，那个大他几岁，爱了他一生的老妻。叔叔走时七个孩子都来到他身边，叔叔一定是微笑着走进故乡泥土的。

叔叔的墓地，与他生前居住的美丽的碉房只相隔望一眼的距离，中间隔着一条弯弯的小路和一条小河，叔叔一定是精心设计了自己的皈依地。也许他希望，安眠在故乡的山坡上，可以遥望他自己的村子和家人，在天堂，能听见每次亲人们回家时的脚步声，也能听见每一个村人放牧路过山地边悠扬的牧歌声。

老了，他把身体交还给养育过自己的山水土地，灵魂也在故乡天空找到了皈依。

达尔基叔叔是我好友阿叶的爸爸，他们一家人一直视我为亲人。过去，因工作采访等原因，每次到他们村子，只要达尔基叔叔和阿姨看见我出现在村口，他们就会齐齐地从自己的碉房里跑出来。如果去村子的日子是大雪的冬日，他们俩一定会给我拿一件羊皮褂子披在我的身上，而那件冬日的羊皮褂，一定还带着阿姨的体温。如果是夏季，他俩一定会把刚从山上捡回来的松茸、菌子给我装满袋，还要摘几株家里菜园子的新鲜蔬菜，外加一瓶新鲜牛奶让我带回家。每次到村里，无论如何，总是拉我到他们家里的火塘边坐坐，一定要让我喝几口新鲜的奶茶，吃几口刚刚烤好的烧馍、土豆或者香猪腿，才会让我走。

记得那次录制微电影《风铃声声》主题歌曲《官寨情缘》时，需要一个老人讲述一段土司官寨故事，我当时就想起叔叔那带着磁性的厚重的嘉绒嗓音。我给他去了一个电话，他立即赶了车来到县城。在录制中，为了配合歌曲的意境，前后反反复复录了十几次，每次他都会从录音棚里出来询问哪句好哪句不好，那个认真劲儿，好似一个好学的小孩子。那时他已经是七十多岁的老人了，后来阿叶告诉我，录制那天，其实，达尔基叔叔当时正身患重病。今天想起来，有万般思绪和感恩在我眼睛里转动。

桑烟从油菜地边升起，飘飞到森林上空，当经幡悬挂好，桑烟升腾到最高的时候，墓堆上的石板经已经全部安放完备，仿佛叔叔的灵魂已经随着升腾的缕缕桑烟去了天堂。这时，空气里弥漫着女人们缓缓慢慢，有些忧伤的玛尼歌声，那歌声，仿佛既能从生者，也能从逝者的灵魂中穿透过去。这时劳作完的男人们也全部加入诵经的队伍中，玛尼歌声铺满大地和天空。

在嘉绒地区，人去世时的安葬方式，因死者的死因、年龄等不同，还会有天葬、水葬、树葬、塔葬（一般用于高僧大德的安葬）、火葬、樤樤堆积的洞葬等，不管什么形式，最终回到村子里，全部的村人都会为亡灵超度，诵念六字玛尼歌，每家每户还要为死者打樤樤几千或者上万个，樤樤上印着六字真经和各种佛塔，安葬处一定有玛尼歌声和经幡在飘扬。

记得，那年在马尔康西索村，一个嘉绒藏族聚居的村寨，一个朋友母亲去世了，那是我第一次参加嘉绒人的葬礼。

他母亲去世那天，按照喇嘛的种种测算，净身之后，便迅疾地将她未僵硬的身体处理成藏传佛教结跏趺坐姿势，将两足交叉置于左右股上而坐。将她的还未僵硬的躯体按照佛教徒结跏打坐的姿态用藏白布缠牢端坐在一个木箱子内。以这种坐法去世便是佛教徒理想的"化去俗身"的解脱姿态，帐篷内还会点上柏枝桑烟缭绕。

在安葬仪式前的超度期间，任何亲人和前来吊唁的人都不能哭泣和流泪。藏族人认为，死者刚死没有安葬前，她的灵魂和肉体还没有完全分离，如果亲人大声的哭泣会让死去的人的灵魂不愿离开肉身。葬礼准备阶段不分白天黑夜，响彻在空气中的只是喇嘛诵念《度亡经》的经声，法器敲击声和偶尔吹响的海螺呜呜呜叫声。

出殡的时辰，是由喇嘛提前测算好的，火化所需木料全是松柏木头，1.2米长，共计48根。当一切准备就绪时，死者被用端坐姿态放在堆砌好的高高的柏树架上，并放上足够的酥油，然后帮忙人在喇嘛指挥下用柏木围在死者的周围。不远的旁边，搭着一顶大帐篷，所有被请来念经的喇嘛都端坐在帐篷内诵念《度亡经》，由两个喇嘛不断地向火堆里加入各类供品，供品里还有名贵中药材。

最让我震撼的是大地上那一幕诵经的场景。三月的大地，种子还没有下播，在火葬还没有点火之前，全村的男女老少就整整齐齐地来到大地，黑压压的一片，以跪的姿势端坐在土地的中央，没有一处走动的身影，人们面色庄严，没有哭泣，用一种缓慢，绵绵柔柔的声调同时诵念六字真经，演唱这首为死者送葬的安魂歌曲。

“嗡……嘛……呢……叭……咪……哄……”

那声音并不忧伤，反而像是在安慰一个即将熟睡的婴儿般，轻柔动听，天籁般美妙的玛尼歌声与火堆上逐渐升腾的柏树青烟缠绕在一起，高举着亡者洁白的灵魂升上天堂，伴随着帐篷方向传递而来的喇嘛们悠悠飘诵的经声，大地上这一群曾经与她熟悉的人们，在用心灵与逝去村人的灵魂做一场最后的交流。

那场景，好像村人在参与一场盛大的秋收仪式。在嘉绒人的心里，唯有灵魂存载善恶的果报。这火葬将人的肉身化为虚无，将人的肉身化成一阵青烟轻扬而去，这是此生的终点，也是来世的起点。

我想，如今能在故乡出生，老了还能回到故乡山川死去，与土地为伴，放下自己的人，是多么幸运和美好呀。

我甚至渴望，自己老了那天，当要离开人世那一刻，自己也能以这种方式，在村人诵念着淡淡忧伤的玛尼歌声中，接受生命中最后一次灵魂深处的触摸。如今，很多原本在村里的人，为了一件小事，为了生计，有的甚至是为了莫名其妙的渴望远走他乡。很多人一旦走出村子，就再没有回来，在城市或者他乡漂泊着生命，到老那天，既被城市遗忘，也被故乡遗忘，孤独的灵魂没有机会聆听村人送别时那声声玛尼歌，那么，一人在去天堂的路上，灵魂一定会有些许的孤独。漂泊的灵魂一定找不到回家的路！

老了在故乡，村人会不远万里赶回故乡，为每一个逝去的人做最后的送别，那悠扬的玛尼经声，是对村里逝去的生命最思念的祈祷，祝福一个安静的灵魂能在故乡的山川找到自己位子。

如今，路过那村寨，耳畔时常会响起叔叔曾经说唱的那首歌："在很久很久以前，在我们村子里，有一座古老的石头房子，那古老的石头房子旁，有一棵白杨树，房子里有一扇门，房子里也有一扇窗，那房子真古老呀，它陪伴了我的祖祖辈辈，也陪伴了我的年年岁岁。”

静静的嘉绒村庄

在马尔康的高山峡谷之中，居住着一支古老的嘉绒藏族，由于特殊的自然条件，所以造就了这里人们独具的建筑审美情趣和民居风格。温暖的阳光普照大地，山川、河流、森林旁的民居犹如一件件精湛的艺术品让人“爱不释手”，马尔康嘉绒藏族是将艺术与生活融合得最完美的民族之一，他们将对生命的理解，对自然的眷念和对神灵的崇仰，都融入了生产生活和民居建筑艺术之中，千百年来沉淀为一种厚重的地域文化。

藏区的民居可分为夯土房、石碉房、木头房和牧区帐篷，马尔康地区的嘉绒民居基本是以“垒石为居”的石碉房建筑风格为主，用少量的黏土和竣山的石头、木料垒砌而成。如果你有机会走进这里，你就可以从不同的角度和视野感悟它别样的民居魅力，留下的总是一种悠远、古朴、典雅的记忆。卓克基西索民居神秘沧桑古朴，沙尔克莎民居险峻壮观飘摇，莫斯都民居原始优美随意，邓家桥民居美丽端庄典雅，都成为承载嘉绒文化的一种重要符号，这里的民居风景如歌如画……

四月初春，阳光明媚，正是苹果花盛开的季节，坐落在青山绿水之中的村寨一派春意盎然，阳光下飘落的果树花瓣与袅袅桑烟、飞扬经幡、白色窗框、古朴青色的石墙构成一幅妙不可言的画卷，凸显出建筑者对大地的敬畏和热爱。

对住所的装饰上，藏民族十分讲究，在门上方或绘制祥云图或挂经幡，窗框绘成白色，室内装饰有蓝、绿、红三色带，以寓意蓝天、土地和大海。三四层的石碉楼高大宽敞，一般一楼饲养牲畜和堆放杂物；二楼设厨房、客厅、卧室；三楼一半用于设经堂供奉神佛，一半是露台用于堆晒粮食。在千百年的演进中，嘉绒藏族民居的建筑风格不断得到沉淀、发展和完善，带着厚重的时代烙印，愈来愈具有独特的地域特色。每当置身其中，都能使我深切地感受到嘉绒建筑艺术的精妙。

随意走进了泽郎格西的家，院子被主人打理得整洁干净，透着满满当当的一种祥和，旁边的桃花、梨花、苹果花正开得粉红艳白，美得让人心动。泽郎格西七十多岁的老母亲正在那里挤着全家人早上要喝的牛奶，老人很安静地与奶牛相处在早晨的晨曦里，奶牛刚产下的小牛犊在旁边打瞌睡，我们讲话声一点没有打搅它的美梦。听见院子有客人来，格西的妻子和一个几岁大的儿子从二楼的窗户里伸出头来，招呼我们一行人上楼喝茶，我们的到来无疑打扰了主人家这个早晨的宁静，但主人的笑脸上写满善意欢迎客人的到来。

随主人上到二楼，上楼的独木梯子现在已经被很宽的木板楼梯子所取代，数数梯子的级数，居然都是单数十一、十三、十五级。来到主人的客厅，大家都被房间里精美的绘画和雕刻所吸引，不由得发出由衷的感叹，真是太美丽了。藏居的客厅和厨房四周一般都装有木质的壁柜，过去在厨房的最上方的墙上都用面粉绘制藏族吉祥八宝图案，现在民居间的普通住房里装饰是用彩绘对八宝图纹描画，用色大胆而夸张，其中也有中国传统的寿星、仙桃、仙鹤、龙和麒麟等图案。格西说像他家客厅这样子的装饰一般要花几万元，专门要民间艺人来绘制，一间客厅的绘制需要几个月的时间，现在村里的人家基本上都有这么漂亮的客厅。客厅里完全称得上是个藏民族民间绘画和雕刻艺术的微型展厅，浓缩了嘉绒藏族千百年来所积累的文化艺术，彰显了该民族独具魅力的民俗风情。刻意摆放在壁柜装饰台上的银铜茶具、奶具、酒具、花瓶和藏民最喜欢的龙碗等器具美不胜收，看得人眼花缭乱。客厅的藏式坐床很漂亮很舒适。由于生活条件的改善，现在厨房一般都用上了微波炉、电炉等现代化的电器设备，一般不再采用火坑烧火了，在厨房的旁门有一间大的储藏室，挂满了一排排的猪肉，存满了粮食，生活很富足很有质量。爬上三楼晒台，煨桑的烟筒里还冒着乳白色的桑烟，煨桑是嘉绒藏民每天必须进行的活动，这是他们对更加美好的生活的一种祈福。

走出格西的家，一条几十米长的转经筒走廊出现在我们面前，嘉绒藏民注重将农禅活动有机地结合起来，转经念佛不误农时，人们可以根据规矩路过此地时转转经筒，将劳作的辛苦与虔诚的祈佛心同时释放在阳光下。阳光已经毫不遮挡地铺洒下来，各种果树花木散发出一阵淡淡的清香，阳光透过高大的核桃树洒在身上，漫步在这优雅田园式的城堡里，心绪存放在从没有过的惬意美妙的感觉中，我们的心跟随着自己的脚步穿梭在寨子里，探寻这里的宁静与和谐。城堡里一座座碉房被低矮石头院墙若有若无地隔着，院墙内家家都有很大的一块花园，几垄小葱和小白菜郁郁葱葱点缀着园子里的春意，花园被耕作得很规整很仔细。

路上遇见的村民都友好地对我们报以微笑，会给大家道一声辛苦了。村后的山梁上还有几户人家的碉房在山腰的台地上耸立着，在青山与蓝天之间，这些建筑显得更加雄伟沧桑突兀。这里村民勤劳朴实，每家每户平时都是主动打扫村子里的道路，邻里之间都有互帮互爱的良好风气。这里乡风文明、村容整洁。我相信这么美丽的风景一定会引来愈来愈多的人们到邓家村观光游玩。邓家村的美丽源于嘉绒藏族与生俱来的审美观，表现出独具特色的民族审美情趣。如果说一座美丽的建筑就是一曲凝固的音乐，那么古老神秘的嘉绒民居就是这音乐里最动人的乐章，邓家村风光就是一支悠扬的田园交响乐。

[illegible] /摄影：[illegible]

云水之间

脚木足大地

——写给马尔康脚木足

昨夜
梦里回故乡
看见阳光透过窗框
藏柜上的佛法僧三宝斑驳又迷离
火塘里是谁烤香了德馍哟

透过晨光看窗外
孔龙大地上玉米金黄
少年的弟弟放牛爬过山岗
年轻的阿爸哟
一个早
就开始修建儿子的石碉楼

天很蓝，花草儿也很闲

田园中央

阿妈头帕像白云一样飘

墙角

一头母牛正在悠闲舔幼犊

汪汪，汪汪

那只叫阿强的狗看见我就吼

它不准我离开房间半步

因为阿爸说我只能留在碉房里读经书

阿爸说那是喇嘛测算的

是命

前生我是佛陀骑过的那头牛

梦里

我渴望与小伙伴们一起捡牛粪

月亮爬上东山还在打场里躲迷藏

睡梦里

伸手去抚平阿妈飘散的白发

泪流满面

哦崽　哦崽

阿妈叫醒我

泪打湿枕前一张十年前全家的合影

照片里还有那只阿强狗

那时

弟弟活泼又健康

阿爸年轻还俊朗

阿妈美丽也端庄

梦醒时看见了瘦弱的阿妈

赶紧拉着阿妈手怕她随白云飘走

泪满枕巾

透过冰冻的空气

藏柜上的佛法僧三宝依然斑驳又迷离

记得诗人王志国这样说过："在这繁忙的时代，活着就是坚强，爱着就幸福，草木一秋，人生短暂，愿每个人心中都有一份爱，但愿每一份爱都饱满而深情。"

我爱着那片大地，蓝天白云下的脚木足大地，最美的向日葵田园，是藏南山区玉米排成行的土地，是嘉绒农人八月的麦田。

那片大地充满着安详。脚木足河缓缓流淌，夏天缀满庭院健硕的核桃和苹果，有如梦如幻大片大片的粉色荞麦地，有秋天打粮盖下起落飞扬的金黄麦芒，它拥有见面就会说“撒卡洛”面容祥和的人们，它还拥有装满《甘珠尔》和《丹珠尔》经书的经殿，也有长征期间支援过红军北上的父老乡亲，还有古老藏语唱出的那一曲曲生生不息的锅庄谣。

它是马尔康境内的脚木足大地。如今每每想起它，我一定会与村庄里的人一样，生出一种挥不去的淡淡的乡愁。

脚木足，过去被称为马尔康的江南和粮仓，是马尔康山川里难得的一块嘉绒人富饶的农耕良田，人们喜欢管它叫脚木足大地。

脚木足大地气候适宜，物产丰富，庄稼成片，果木成林，人民勤劳，民风淳朴，文化厚重，田园风光纯粹。可是，在不久的将来，那里的一切将随着历史的变迁而改变面貌。

为了它昔日的容颜，特别想写写它远去的春夏和秋冬，也想写写它的前世、今生和来世。

每次经过那里，内心都会被它诗意的田园和果实累累的美打动。它的美源于这里厚重的特有的嘉绒农耕文化气息和这片土地上万物与生俱来的优雅气质。

记得，那年八月，第一次走进脚木足大地，那时节刚好是嘉绒大地麦收的季节，还没有走进村子，远远地我们就被村寨里传出的一阵一阵“勒学约、勒学耶喔勒学约”悠扬而富有节奏感的劳动曲吸引了。歌声中，看见村寨每家每户都在忙着比赛打麦子，打麦劳动曲歌词简单、节奏明快，歌声随着人们手里的打粮盖很有韵律地起起落落。

爬上一个最高的房顶，村里的打麦场景尽收眼底，目光所及之处只见打粮盖飞旋，家家户户碉房上都荡漾着一层层如波如烟的金色麦芒的浪花，起伏之间与房顶若即若离，盘旋缠绕却并不远飞，第一波还没有完全落定，下一波又被飞旋而下的打粮盖飞扬起来，将这片拥有万顷良田的嘉绒村寨完全淹没在八月的收获中。

在隔壁邻居提高节奏的“勒学约、勒学耶喔勒学约”挑逗声中，主人一家不甘示弱比拼得使歌声更响亮了，这时打粮盖“哄查、哄查……”声也就更加响亮有力了。

这时的劳动，在嘉绒人眼中不再是艰辛和苦累，而是一种生活给予他们的艺术的享受过程。秋天，所有的麦子和大豆都得经过收割、晾晒、粮盖打粒的劳动过程，每家每户几亩甚至十几亩的麦子要一杆一杆地打出来，并不是那么容易的事，有的人家就打麦子一项就得劳动很多天，炎热天气下那一杆一杆劳作的过程应该很艰辛，但是智慧的嘉绒人却把它当成一门兼具创作音乐舞蹈的劳动艺术，这时劳动就变成一种纯粹的艺术享受了。

每年秋收后路过，注意到，在冬季来临前，这里的每块土地就被村人经翻耕完备，这还不算，你细心看看，每一块泥土好似都被细筛过滤过，地一定被主人弄得像要绣花一般，极像细软的黄绵布。会不由自主感动，会问自己，这是一群用什么情感在抚摸着自己土地的人们哦，他们勤劳，土地都变得优雅。

春天，这片大地的房前屋后、田埂中央、山的半腰，随心所欲、自由散漫地开满了红白相间的野桃花和野杏花，受充沛的河水和日照的滋润，桃花杏花比别的任何地方更加野性更加怒放，高山积雪河畔桃花红，仿佛整条脚木足河都被野桃花灌醉了一般，河流倾情陪衬着野桃花、杏花的野性与妩媚，呈现出人间三月天的无比妖艳，缓缓流淌的脚木足河映着桃红和柳绿，在整个春季满河流淌着碧绿的翡翠。更为美艳的是野桃花刚谢，野牡丹就漫山遍野竞相开放，村前村后，整个山川也因牡丹花而显得雍容又华贵，值得我们敬佩的是，野牡丹再美，常住这里的人们都不会擅自采挖回家，因为人们知道野牡丹家养成活率几乎为零，当然也有外地人乘村人不注意偶尔来偷挖几株，村民们只有叹息一下那人的无知和无趣了。这样的春日美景，我想那些荡漾在天空的白云也会生出一种迷醉吧。

夏天，村寨举行的盛大祈福农事背经书的格德节，它是这片土地上人们独特的夏季祈福活动，也是这块土地上人们对自然和万物生灵的深深敬畏，它是人们对大地独有的感恩仪式。格德节时间在每年农历五月中旬，每个村祈福的日子由高僧大德来测算，各村按照自己的时间，届时，村村寨寨男女老少回到故乡，一个大早家家户户所有男女老少整村出行，在寺院喇嘛主持下，念诵一段长长的祈福农事敬拜山神的经文，后由喇嘛给每人发一册厚重的《大藏经》（由《甘珠尔》和《丹珠尔》两部分组成）。背着经书的村人排成浩浩荡荡的队伍，队伍前数十个人拿着长枪，最前面一个人拿着木杈，沿着自己村寨的全部地界巡行一周，每到一处地界的木门，开路的人就会用木杈打开木门，每到一个水沟和大河边人们就口念六字真言，将背上的经书做倾倒模样，一路诵经一路感谢各路农神，一路煨桑驱赶着所有暗喻的冰雹、病虫灾害的鬼魔，中途还会在预先选择的一户人家喝茶吃午饭，在固定的地方煨桑，在固定的地方鸣枪（如今鸣枪也被煨桑替代），仪式会进行整整一天，这是神秘而古老的祈愿农事的活动。

夏天脚木足人会在成片的玉米地中间星星点点栽种无数的向日葵，人们合理地选好了播种时间，当玉米扬花时也是向日葵开花的时节，这时山里的野蜜蜂成群结队飞来采蜜有利于蜜蜂生长，蜜蜂又对所有的农作物传花授粉，使得这里的种子饱满而粮食丰足。大地显现出一种无与伦比的金色美景。路过玉米地，你会闻见那些健硕的向日葵发出的诱人的香味。

冬季，大雪在冬月、腊月如期而至，落到脚木足大地和河畔，当一层一层的梯田和碉房被大雪覆盖得严严实实时，阿妈一定会点燃碉房里的火塘，火塘旁孩子们手里捧着新鲜滚烫的香猪腿酸菜面块。那时透过窗户看见雪花在天地间自由飞旋飘落，大地平坦如丝，飘扬的桑烟缠绕着大片的雪花，分不出谁是天空谁是大地。

脚木足河，千百年来静静地流淌，滋养着两岸的万物生灵。夏季的孔龙、白赊、石江咀、沙石、蒲尔巴，大西、神山所有村里的小麦地、玉米地与大地中那些白色佛塔点缀成趣，弥漫出一种静谧，仿佛庄稼也学会了修行，凸显出生命本真的得体和气度不凡。如今它成了我内心难以舍去和弥补的一片乡愁。

它的前世，一定是嘉绒藏族千年唱不绝的一首又一首悠扬而古老的嘉绒农耕调。

那天我看见，脚木足河坝采砂的机器轰鸣，村头祖辈们转经的白塔显得有点瘦小，苹果树也有些干瘦，桑烟在将要搬走的碉房和佛塔前彳亍徘徊，石江咀那片粉红的荞麦花也消瘦了脸色。

愿，奔波的历史放慢脚步，给这片大地上的村子让出一条小路，让村寨里欢快的“勒学约、勒学耶喔勒学约”能在微风里轻羽飞扬，让古老的锅庄继续跳在篝火旁，让每个碉房顶上年年还能晾晒八月的麦粒和九月的玉米、核桃。

未来，这块土地上的神灵，一定坐在云端，闭目山水间，手拿佛珠口念慈悲，在波涛声中趺跏成佛，细数曾经在他这片土地上，那些后代的人们或安定或漂泊的日子。

老去的茶堡克萨

茶堡，是一条古老的河流，曾流淌出五千年的哈休文明。茶堡，是一座古老的碉房，碉房是一只盛满麦子和青稞酒的哈休陶罐。茶堡，也是一座一座老去的嘉绒村落，我多么渴望村落能继续讲述着炊烟、牛羊、麦子、青稞、玉米、男人、女人和生老病死啊。中国的乡村聚落已经有一万多年的历史，然而进入21世纪以来，它们每天正以惊人的速度在消失，村落或将渐渐远去。农耕文明的传统经济结构、组织形式、生产方式、生产资料关系、人与人的关系、伦理道德关系和价值理念都将逐步瓦解。

——题记

据哈休考古发现，马尔康茶堡的这些古村落，也有五千年的历史了，伴随着五千年的农耕文明历史，茶堡河谷的古碉房与村落仿佛在时间里站老了。

马尔康茶堡河流域的山谷，至今依然完整地保留着上百座藏式邛笼石碉房，很多属于明清时期的建筑，形似碉房，站立成“冒”字形，其上部貌似笼子，非常壮观独特。《后汉书·南蛮西南夷传》记载：“垒石为屋，高十余丈，为邛笼”，它们带着明显的象雄文化烙印，一座座矗立在高高的茶堡山梁，因山势而显得更加高峻。当地老百姓谁也说不清楚，一座一座石碉房究竟在村子里活了多少年，他们与这里的村庄一起站立在云端栉风沐雨究竟有几百年。

其实，这种藏式建筑群，在整个藏区都已经比较少见了，据有关资料记载，目前，这种风格的碉房式民居仅在西藏阿里有极少部分，四川省壤塘县有一部分，可马尔康境内的茶堡河流域却较完整系统地保留着一些古建筑群。村里的人不知道这些建筑技术是从哪里起源的，这些技术究竟是从西藏阿里传到茶堡河谷的，还是从茶堡河谷传到遥远的阿里的，无人知晓。

现如今，古村落的年轻人纷纷外出打工，老人们下山或者进城看孙子读书，长大的孩子们也都去了城市，到马尔康、成都抑或更远的远方打工，年轻人几乎没有人想再回村子了，仿佛村落和碉房都老了。这里老去的不仅是人，也不仅是村落，老去的还有碉房和碉房上往日的炊烟，可是我们的乡愁却无法老去。今年，在参与中国古村落沙尔从恩村调研的两个月中，我们走访了这里的村村寨寨，我深切地感受了这种农耕文明远去的无奈和忧伤。

2016年7月的一天下午，我与西南交大古建筑调研人员来到茶堡河谷，走进哈休村一个叫阿尔莫·克萨的碉房，调研人员认为这七层楼古老碉房很有古建筑学研究的价值，于是他们楼上楼下忙着测量数据。其实，这几天他们已经在沙尔宗乡的丛恩村测绘了二十几座这样古老的碉房，每到一处都让他们惊讶和激动。

在茶堡的山川里，每一个自然村落里都有一座房名叫“克萨”的碉房，“克萨”藏语指新房子的意思，是每个村庄在开始新建一个村时，该村中修建时间相对最早的那座新房子。

我和主人阿尔莫克萨·阿让，坐在楼顶的荒草里闲聊。阿让对我说，他家的阿尔莫·克萨碉房是村里最早的房子。他说，很久很久以前，大概七八百年以前，他爷爷的爷爷就告诉他的爷爷，他们的房子比大藏寺时间还久——大藏寺有六百多年历史。他的祖先有三兄弟，三兄弟最早在这块土地上修建了三座房子：一座是大哥修建的，也是阿让现在所居住的这栋叫阿尔莫·克萨的碉房，克萨意思是这村子土地上最新最高的房子；二弟修建了一座最结实的房子；三弟修建了一座最美的房子。过去，他奶奶在这碉房三楼的小屋里生了十四个孩子，他的妈妈也在那间小屋里生了十四个孩子。他说，那时每当夜晚来临，这个碉房每层楼都睡满了家人，生育孩子的母亲睡在小木房里，其他人就睡在楼上楼下的草堆上或者火塘边，家里热闹而温暖。家里每代人都有在西藏学习归来的喇嘛，六楼经堂旁一直住着家里的喇嘛与和尚。到他这一代，他和妻子只生了两个孩子，妻子二十九岁时就因心脏病去世了。现在，他的两个孩子也很少回家。女儿出嫁到脚木足的一个村里，儿子还没有成家，在马尔康城里开挖掘机。每天他一个人孤独地守着这个碉房，平时住在不远处一座二层楼的新房子里，他说他这几年也很少上古碉房来了。

听他这么说，一种淡淡的忧伤向我袭来，我为这座古老而美丽的房子可能会被遗忘而忧伤。其实，当看见这满楼顶的荒草，看见楼下阳台斑斑点点的雨滴坑时，我就知道，这个楼的主人真的没有更多精力来管护他的碉房了。经堂门上有一把古老的铁锁，我问他，经堂也搬迁吗？他说经堂里面的三宝还没有搬走，他说搬动那些佛像与法器得请喇嘛测算，不能轻易搬动。他还说，有些稀有珍贵的法器被那个不听话的侄儿偷偷拿走了，说到这里的时候，阿让无可奈何地苦笑着。说话间他打开了经堂的锁，让我参观他的经堂，我看见一层薄薄的灰尘铺在屋子里，我用力去拉了拉门前转经筒下的皮绳，经筒刚转开，“砰”的一声，那皮绳断了，我看着阿让不知道怎么办。“很久没有给皮绳上油了，皮子脆弱了，没事没事。”他反而安慰我。他说，经堂房门前的木板地供信宁玛派百姓念经时坐，经堂里供黄教僧人念经用。

参观完经堂，我和阿让又回到楼顶的草丛里坐着。他说，楼顶这个草地过去是家里的打场，过去，家里十几亩地的青稞、麦子和大豆都要在这里打晒归仓。他说，如今孩子们不回来，一个人吃不了多少粮食，他就很少种地了，只种了两亩多玉米，玉米主要用来喂那两头猪，其他的十几亩地都让给山上搬下来的亲戚们了。他说平时除国家退耕还林和大骨节病补助外，儿子也会给他捎钱回来。他说他每天都只想喝酒，喝了酒就会想过往。说到这里，阿让拿起身旁的白酒瓶猛呷了几口，话语和表情显得很忧伤，他眯着眼睛看着西斜的太阳，像是自言自语地继续说道："孩子们春节会回来看我的。"他说孩子母亲二十九岁就去世了，他很思念已经病逝多年的妻子，也思念碉房里曾热闹无比的日子。

很多时候，刚过六十岁的阿让，就这样孤独地坐在夕阳下看着远方，直到月亮升到碉房的顶上，更多的时候他会以醉酒来打发孤独的光阴。我劝他别喝坏了身子，应该常常上楼来给房子除除杂草，为儿子们看好这碉房，我说如雨水渗漏到房子里去，房子就容易腐掉。他说只要有人喜欢看这房子，他就一定少喝酒，他说等今年的雨季一过，他就上楼来扯草，并请人来夯实这屋面的黄泥地。他让我放心，其实，我相信他会那么做。

阿尔莫·克萨碉房高大挺拔，耸立在茶堡的古村落里，只是它即将随着主人的老去而老去。与阿让家情况相同，山上很多人家基本上都搬下山了，都在沙尔宗河坝经营所那地方有一所新房子，老碉房一般留一两个老人看守着。老人们在山上继续看着土地里的青稞、麦子、土豆和玉米。生态环境好了，常常有野兽到地里偷吃庄稼，所以每当庄稼成熟的时候必须要有人看守，还要放牧草场上那些牛羊。

在沙尔宗从恩的自然村落里，有十二座叫克萨的碉房：雅尔根·克萨、足·克萨、同足·克萨、额米·克萨、独乌·克萨、刹迪·克萨、嘎木迪·克萨、雅·克萨、班古·克萨、蒙各洛·克萨尼、蒙各洛·克萨嘎、森甲·克萨。这里，所有的克萨碉房基本上都是六层至七层楼，高二十米左右。可以想象，过去生产力较低的情况下，要修这么一栋高大结实的石碉房是多么不容易，一定是古村落人口最鼎盛时代的建筑。

沙尔宗从恩村除克萨碉房外，还有近七八十座古老而完美的古老碉房，很多有几百年历史了。据阿坝藏羌文化研究会会长扁秋的讲述，茶堡河流域这些保留下来的古建筑，保留的是一千多年前藏族最古老的建筑群。从恩虽然已被列入中国古老村落名录，但是，目前仅有雅尔根·克萨碉房享受了国家文物保护单位的维护，八十岁的老奶奶住在楼下新建的厨房里，数着玛尼珠，手里握着一把为游客开碉房的钥匙。

每一座克萨碉房的故事都没办法藏在山风里，他们与风一样在历史里流传。干木迪·克萨的主人，是1936年恢复卓克基土司官寨时著名的工匠熊如·仁精，当年，他的儿子是茶堡地区最好的木雕师，他家经堂的木雕和唐卡让索观瀛土司也嫉妒三分。今天，熊如·仁精的孙子，也就是木雕师的儿子银巴，也是快八十岁的老人了，他与妻子守在这碉房里，孩子们都不愿意爬这么高的山上来了。今天，村里再找不出像他们父子手艺这么好的工匠了，基本上也没有几个人修得来这种房子了。1958年，额米·克萨的最后一个主人去世，如今这座碉房早已变成残墙断壁，耸立在足村的后山上已有几十年了。蒙各洛·克萨尼与蒙各洛·克萨嘎两个碉房是邻居，克萨尼的养子阿罗·泽仁说，他只有在孙儿读书的假期才上山来，来看看地里的庄稼，大儿子和媳妇都在城市打工，小儿子当了大藏寺的和尚。蒙各洛·克萨嘎的主人这几天有点生病，说话时，他总是咳嗽，他说自己快八十岁了。同足·克萨在2015年的一场火灾中变为废墟。1968年，雅·克萨家生活困难，他家向队长申请粮食，队里当时只剩拌了农药种子的粮食，队长说要洗干净晾晒后吃，可是他们不信农药有毒，直接煮来吃了，一家八口人当场死去四口。森甲·克萨过去是属于雅尔根·克萨家的。独乌·克萨、刹迪·克萨今天的主人已经不是原来的主人，都由养子家看管着。据不完全统计，从恩村克萨碉房中，祖祖辈辈碉房没有易主的只有足·克萨一家了，这些几百年的碉房很多已经换了主人了。

记得六月中旬，我第一次去从恩村嘎木迪时，布鲁·三郎严木初八十七岁的奶奶刚去世几天，村里的十几个老人在他家念经，他家邀请村支部书记、村长和我们去他家里吃饭，吃了饭，还听了几个老人讲故事。可是，时隔一个月，七月中旬，我再去村里的时候，就看见布鲁·三郎严木初家的门已经被一把大锁紧紧锁住了，邻居告诉我说，布鲁·三郎严木初回城里开挖掘机去了，他妈妈下山去守经营所的新房子去了，他叔叔回城里开出租去了，邻居还肯定地说，这家人可能难再回来了。看着一个月前还人来人往的鲜活的碉房，这时，紧锁着门的碉房突然就在我心里苍凉了许多，邻居也有无限的伤感和孤独。仿佛几百年高耸的碉房在瞬间老去了，也许，这里的山风很寂寞，想把碉房的故事带到远方去吧。

克萨碉房的故事，仿佛就是一本茶堡的历史。从恩山上，茶堡河谷，还有很多比这些克萨更多更古老的碉房，也有比克萨碉房家故事更古老的故事，毕竟克萨是村里的新房子。如今，一座座叫克萨和不叫克萨的石碉房，只能站在寂寞的山梁上，随着这里将要消失的村落文化而无可奈何地老去。

目前，值得安慰的是，马尔康政府要求，任何搬迁户不要擅自拆掉这里的每一座古老碉房。真不知道，如今我们该怎么去保护这些绝版的建筑群。

其实，我是多么期盼，茶堡河谷的那些克萨碉房能继续散发出泥土的芳香。多么期望，茶堡土地里永远生长着金黄的玉米和不朽的碉房。但愿原来由碉房、村庄、陶罐编织的故事中，只有人和当时的云去了，剩下的都在。

云水之间的西索古寨

这寨子还有一个传奇故事，第九代卓克基土司官印和一些官寨重要文物都存放在这寨子里，现在每家每户轮流保管那金印一个月，但谁都不知道这月该轮到哪家了，现在如果需要展示，村长就会出面把这些宝贝给找出来，真是太传奇了，让人感觉有些匪夷所思，也许来游玩的客人无意间就入住了那官印下榻的藏房里。

——题记

到阿坝州马尔康，不去看西索古寨，如同到北京不登长城。与卓克基土司官寨隔河相望的西索古寨，以其独具风格魅力的嘉绒藏族传统民居建筑吸引着海内外的游客，是数百年来多元文化交融沉淀的一支文化艺术奇葩。2006年被列入“四川省第二批民族民间艺术之乡”名录，成为向世界展示嘉绒灿烂文化的窗口，多少年来，这古寨的民族民间艺术不知拨动了多少人的心弦。

登上官寨的高山俯瞰，古寨碉房鳞次栉比，错落有致，规模宏大，犹如一座具有悠远历史的古堡，安然地坐落于壮丽无比的云水之间。寨子的左右和前面缠绕着流淌的腊足河和梭磨河，湍急的河水到寨前汇合后变得平静又舒缓，打着旋子不肯离去，古寨有了碧波轻荡的灵气，紧依白云缭绕的察柯圣山，又仿佛是镶嵌在云水之间的一颗硕大而绚丽无比的珊瑚。1286年卓克基土司封制后，在茫茫的雪域高原群山的怀抱中，有这样一个厚重古朴的嘉绒藏寨，数百年立于白云山水之间，岿然不动。

近读西索古寨，卓克基工匠们鬼斧神工般的建筑技艺撼人心魄，少量的黄泥黏土却能将大大小小的石块精确巧妙地紧紧咬合在一起，把建筑者的审美理念、精湛的技艺和嘉绒民族的性格、情怀表现得淋漓尽致，许多碉房有二三百年历史了。徜徉于青石板的石径上，慢行在片石堆垒而成的寨房中，你仿佛穿越时空到了昨天，那释读岁月的青石板和达旦轮寺七百年来不绝的诵经声仿佛在述说着古寨的前世、今生和未来。昔日的梦想，今日的辉煌，岁月的沧桑都绣刻在这些大大小小的石块上。

一块块石头、一段段木头，经过几百年的风霜洗礼，早已经褪去了石头和木头本来的味道和颜色，它们是岁月的颜色，是时间留给寨子的圣物。经过数百年风霜雪雨的洗礼，墙体石片在阳光下散发出一道道醉心的亮彩，你不由得产生一种想去摸摸那岁月的冲动。这里有私家经堂、煨桑白塔、藏式装潢以及太阳、月亮图绘崇拜，佛教痕迹到处都依稀可见。

和所有嘉绒藏族民居一样，西索古寨民居也是“垒石为室”，这三四层建筑物，底层为畜圈，二层以上为人居用房，最上层为经堂，充分体现了嘉绒藏族“神”“人”“畜”三界共处的思想。窗框上均装饰着嘉绒特色绘画，房顶盖着石板或红瓦，寨子内横来直往，穿插交错的青石板小道蜿蜒曲折，整个古寨由六十七座碉房、五十四座白塔、一个寺庙和寨子中心的两个锅庄广场构成。石头建筑、蓝天白云、高山流水、田园森林等与自然环境浑然天成。红色的瓦片、飘动的经幡、奇特的符号、煨桑的袅袅青烟给寨子增添了几分神秘。

当年寨里只有十二家“科巴”（土司的传令人），目前已经发展到六十多户。当年随着土司封地和疆域的扩大，各领地头人都要派人到卓克基土司官寨当差，逐步就修建了沙尔、草登、龙尔甲、达维等地的数十个办事处，随之而来的手工艺人和小商贩也就在这里落户下来。这寨子的烤酒技术和银匠手工艺术在藏区非常出名，今天寨里九十岁高龄的孙贵生和严木初老人还能清楚地回忆起当年的故事。路业康大伯说：“当年给土司打制银器手艺精湛的有：古安东、严木初、孙贵生、杨袁旦等家族。”杨袁旦家独传的“技巧四环藏戒”在整个藏区是一门绝技，这种戒指有四个环，环上共十三个独立的花朵，如果不教你方法，你没办法把十三个花朵拆开后装回原位。

“现在这里每家都有家庭小烤酒作坊，当年烤制‘土司家酒’时，往往在一大锅里放一个无底的桶，桶里放上青稞和酒曲、再在青稞上放上一钵，然后将另一口放上冰水的锅盖在木桶上，加热，桶里发酵后的酒挥发到上面的锅底冷却后滴入钵中。一直到今天我们都还沿用当年的烤酒工艺。”高原的气候造就了高原人家都能自酿烤酒，酒又练就了高原人豪放的品格。你只要在这待上三天时间，你就可以把烤酒做完。在锅庄的旋律声中，青稞酒烤酒会让你醉到天亮。美丽的嘉绒姑娘和豪放的藏族小伙会为你演唱那动人的敬酒歌《阿拉呛色》。

马尔康是嘉绒锅庄的故乡，嘉绒藏族人能歌善舞，今天盛行于世的《阿坝藏羌锅庄》的收集整理者杨东方老师就住在这村里，他时常会带着原生态锅庄队来到广场，他的小妹妹也是那“技巧四环藏戒”的第五代传人。

这寨子还有一个传奇故事，第九代卓克基土司官印和一些官寨重要文物都存放在这寨子里，现在每家每户轮流保管那金印一个月，但谁都不知道这月该轮到哪家了，现在如果需要展示，村长就会出面把这些宝贝给找出来，真是太传奇了，让人感觉有些匪夷所思，也许来游玩的客人无意间就入住了那官印下榻的藏房里。

加拿大籍著名笑星“大山”曾在路大伯家住了一宿，他说：“这是非常令人神往的圣地。”有心的路大伯在自家的客厅挂了布艺的留言簿，留下了诸如北京俱友摄影俱乐部的“摄影的天堂，胜过新都桥，相机吃饱了，我还会再来、再来……”。长江民族师范大学赵峰的“美丽的西索，难忘的风情，淳朴的民风，好客的民族”等洋洋洒洒千余人的签名留言。现在由政府引导，西索古寨正积极开发旅游，寨民正以热情而古老的风俗礼节迎接八方来客。这里日可接待三四十人住宿的家庭已有几十家。今年寨子里很多家又在增添卫生间和床铺设施，全村的牲畜已基本上进行了集中圈养。这个村寨还专门成立了“西索旅游协会”“西索锅庄协会”，负责接洽安排旅客的吃、住、娱乐等。协会规定在这里游玩、吃住一天只需60元。每日三餐可以提供不同的民族特色的餐饮。

这里浓郁的民族民间气息令人神往，这里淳朴原始的民风民俗让你感受到异地他乡的情调，愿这云水之间的古寨情思能将你的思绪带到遥远的昨天。

石旦真叔叔的小鸟

“荒漠辽阔，道路漫长；自上而降的雨，自下而起的风；生者和死者之路不相一致，活人和死人特征有所不同；从前行善的人，现在还在行善；过去有益的东西，现在仍然有用……”

“坚忍属于神和铁，人的思想没有一刻是坚定的。”

——摘引自《东北藏古代民间文学》

那天，去石旦真叔叔的核尔雅村，正是初春，是嘉绒大地即将播种麦子和青稞的季节。阳光明媚，温暖地照着村子和土地，也照在石头碉房上。村子的万物，仿佛都被明亮而温暖的阳光浸透了，连晒场上那些古老的粮架都光彩照人。几头毛色黝黑的犏牛被拴在村口那排大白杨树下，犏牛即将参与耕地，它们不慌不忙地吃着干草，那草是村人在过冬前就为耕牛备好的上等草料。大片的土地就在村子的碉房下方，大地周围都是森林，初春季节，整个村庄笼罩在初春氤氲的气息中。

去年，我们在开展茶堡古村落调研时，镇里推荐请核尔雅村的石旦真叔叔给我们介绍茶堡地区的一些民间故事。他们说，石旦真叔叔过去当过社队里的会计，读了很多书，是村里见识很广的一位故事老人。爬上石旦真叔叔家的独木梯，来到楼顶的晒台上，见他正端坐在楼顶的经堂前的地板上，他手里拿着串珠，口里轻诵着玛尼经。

几只卡布基鸟，落在晒台前的木栅栏上，发出叽叽喳喳声，石旦真叔叔招呼我们坐下后，顺手从他身边一只黑陶罐里抓了一小把麦粒，撒到楼顶晒台上鸟儿的中间，几只卡布基鸟歪着小脑袋斜斜地看着我们，又转过头去看地下的麦粒，仿佛都十分紧张，它们上上下下扑飞到地几次，最后才放心地开始下地啄食。

晒台上，视野奇佳，可以看见村子的全景，周围的山脊呈马鞍状。虽然，石旦真叔叔的家与所有人家都搬迁到河坝修建了新房子，但是，平时他还是喜欢到山上的老村子来住。政府将通村路既修到新的搬迁村，也修到高山老村子，方便村里上山种地和畜牧产品运输。

他说河坝新房子没有什么阳光，感觉太冷了，他八十多岁，老了，也不想到处走了，就愿意回到自己的老村子里，待在自己已经熟悉了一生的日子里。每天都喜欢坐在经堂前，看一朵朵白云缓缓飘过村子，看云朵从村东山头飘到村西山头；看飞进村子的每一只小鸟；看夏天的雨水不停地落在土地里；看小鸟冬天离开村子时雪花落下来。

石旦真叔叔所在的核尔雅村，属于嘉绒藏族聚居村，海拔高度大概在2700米到5000米，周围山上森林茂密，野生动植物都很丰富。山上有各种树和花草，很多冷杉、云杉、桦木、落叶松、高山栎、红桦和川白桦，地里的庄稼主要是小麦、青稞、胡豆、洋芋、油菜等。村里主要靠种地和放牧为主，每家每户都养殖有牦牛、猪、羊，有的还养少量的鸡；山里出产野生贝母、松茸、野菌子、虫草、羌活、大黄、鹿茸和麝香等，自古以来人们基本上是自给自足的生活方式。核尔雅有一些古老的小村落，沿河谷分布于河岸的台地上，村落依山而建，散布于半山的缓坡地、台地以及山梁坡地。

村里有充足的耕地，有很好的高山草甸和牧场。

耕地也靠近人们住的碉房，便于打理。牧场大都分布在河谷坡上或者高山顶部。另外，寨子之间也会留出充足的空间便于寨子未来的生长。石旦真叔叔所在的老村子，过去修建的碉房一般在六层至七层楼高，底层为畜圈；二楼为火塘和客厅；三层、四层、五层和六层为卧室和粮仓；五层、六层和七层有出挑走廊，用于晾晒农作物和牧草；七层前为晒台，后为经堂。石旦真叔叔说，过去村子人口多的时候，劳作之余，人们会尽情欢娱，放声歌唱，用歌声和舞蹈表达自己的情感。他说，很留恋这里的一切，包括所有的小鸟。

往复的山风吹在经堂的上空，风不仅风干作物草料，更以风势诵读每层经堂的经幡旗，将虔诚与静谧带向天空，神秘而庄严，最上面是用于煨桑之处，离天空最近。

他每天坐在楼台上，眼睛可没有闲着，他喜欢观察周围自然中的一切。观察，月亮在村子升起，也观察，太阳在山那边落下。他说，过去太阳落山时，光影一定会落在村左边那座最高的山垭口上，可是最近几年不知道怎么的，不管春夏秋冬，太阳的光只照到那座山的山腰上，天就黑了，他感觉太阳光影怎么努力也爬不上山垭口了。于是，他说有许多担心，感觉地球的许多自然现象与过去不一样了。

我们正说话间，上百只的鸽子，排着自由的队形，发出“嗡……嗡……嗡……”的声响，划着弧线惬意地飞过我们的头顶，飞在大地和森林上空，突然又全部降落在前方大地上，跑过村里那片黑黝黝的土地中央，一齐奔向森林边。石旦真叔叔说，不知道为什么，鸽子们在地上找食总是慌慌张张的。

夏季来时，很多时候石旦真会独自一个人去附近的山上转转，看看坡地里的庄稼，也去看看林子的鸟儿，也会带点粮食撒在鸟儿常去的坡上。他熟悉这里的每一种小鸟的生活习惯，他给我讲了很多核尔雅附近生活的小鸟的故事和传说，比如卡布基鸟、小红嘴鸟、布谷鸟、鸽子、乌鸦、黑马鸡、白马鸡、喷母鸡、嘎基鸟、啄木鸟、八古鸟、虫草鸟和谷唔鸟等。石旦真叔叔的故事里的每一只鸟都具有神性，每一只小鸟都包含伟大的生命价值和善意，这些故事让人感受到一股亲切而熟悉的村落气息，缱绻多情，灼灼其华。

小鸟与雪山、蓝天、白云、种子、草木、土地和碉房，许多故事仿佛已远去，这让人深深地惆怅。

前不久我刚好看到一条这样的消息，与石旦真叔叔所讲述的核尔雅村里的那些小鸟故事如此相似。消息这么说，2016年5月，北京市野生动物救护中心，联合英国鸟类学基金会等单位开展了北京大杜鹃（布谷鸟）研究项目，他们在五只布谷鸟的背上装上微型卫星追踪装置，两年后，五只布谷鸟中有四只失去了定位，只有一只被命名为“飞飞”的布谷鸟，还在顽强地飞行着。这只布谷鸟身长不足35厘米，体重不过120克，一只小小的布谷鸟从北京起飞，到云南，再到印度，穿越印度洋（阿拉伯海）到达非洲，最远抵达非洲南部的莫桑比克，最后回到北京，这只叫飞飞的布谷鸟一年飞行超过5万公里。在秋天，它们会向南迁徙，飞往缅甸、孟加拉国等地，之后飞越印度，最终穿越阿拉伯海并在非洲南部的莫桑比克越冬。布谷鸟是有记忆的，去年从哪边飞来的，今年还往哪儿去，而且会遗传下去。根据种群的不同，一般会有不同的繁殖地和越冬地，迁徙鸟类是多么的不可思议，它们真真正正地经历了一场奇幻之旅，它们穿越了不同的国家、不同的大洲。

布谷鸟飞飞飞行过程中，它忽然暂停了南行，选择掉头，经过500公里路程返回到印度北部斋普尔，500公里的路途返回，原因很简单，因为南部正在下雨，它不喜欢被淋湿羽毛。

是的，在石旦真叔叔所在地区的嘉绒人看来，每一只小生命，都托举着伟大的生命价值。

卡布基鸟（山麻雀）

卡是房子的意思，卡布基就是房子的鸟。卡布基鸟喜欢休憩在石头房子缝隙中。在嘉绒地区，人们在修建房屋时，会在石头墙上故意留些小孔，主要是留给卡布基鸟的。石头碉房一建好，就会有卡布基鸟将鸟巢筑在石缝隙里。卡布基鸟会衔人的毛发、鸟类的羽毛和牛毛等做巢，卡布基鸟的鸟巢轻柔而温暖，呈圆圆的形状。嘉绒地区民间有个说法：卡布基鸟到哪一家，哪一家就会人丁兴旺。石旦真叔叔说，过去，他家一直住着十多只卡布基鸟，现在村里却很少看见卡布基鸟了，现在他家里只有两只了。

不管春夏秋冬，这种鸟会住在有人的房屋里，主要帮助农人除庄稼的害虫。开春母鸟孵蛋期间，公鸟每天去找虫喂母鸟，当母鸟把小鸟孵出来后，公鸟和母鸟都要外出找食喂小鸟，待小鸟长大后，小鸟自己就飞走了。

卡布基鸟休憩下来时，总是喜欢将小脑袋左右摆动，东瞧瞧西瞧瞧。卡布基鸟不成单生活，一般成双生活。鸟与人的生活方式很相似，嘉绒地区人们不会轻易去伤害一只卡布基小鸟，特别是春天，如果打死一只公鸟，母鸟和刚孵化的小鸟都将被饿死在巢中。在这里，人们总是说“打死卡布基鸟就像打死自己家里小孩”，所以老人们会一代一代地教育孩子们别去伤害卡布基鸟和其他的鸟。

卡布基鸟喜欢吃粮食，在粮食没成熟时，卡布基鸟是绝对不会去啄粮食的，它们也会储藏过冬的粮食，每当推糌粑前，人们开始晒青稞的时候，卡布基鸟会趁主人家不注意，飞到晒场里衔一口青稞到石缝隙里。这种鸟主要帮助主人吃庄稼地里的害虫。嘉绒人认为，鸟与人类在粮食生长过程中是分工合作，它们与人类共生存，理所当然应该与人分享一点属于它们的粮食，不要因为鸟啄了晒场里的粮食你就打死它，这是很不公平的。嘉绒人在过年过节（达拉根）时，老人们总会在卡布基鸟的鸟巢周围撒上很多粮食，嘉绒人善待鸟儿如同善待自己家的孩子。

传说，卡布基鸟是从印度飞来，春天下种时回到嘉绒地区。但在一些向阳温暖一点的村子，冬天依然有卡布基鸟住着。嘉绒地区人们认为，如果在冬天村里的卡布基鸟越多，一定预示着农人会等来一个丰收年。

小红嘴（格咕）

小红嘴鸟也称红嘴乌鸦，藏语叫格咕。它比黑乌鸦小很多，有黑乌鸦的一半大，比鸽子还瘦小一点，全身黑毛，嘴尖而长呈红色，尾部较长。嘉绒地区传说，小红嘴格咕筑巢在哪家，哪家就有好兆头。小红嘴格咕鸟一般为两只成对，喜欢住在石碉房的木板瓦下或石碉房顶的缝隙里，但不是每户都住有此种鸟。它们喜欢住在人居住的地方，人们认为，小红嘴格咕鸟到谁家说明这家很干净，一般住下就不会轻易搬走，年年岁岁与这家人相伴。如果谁家有人生重病或者有人去世，小红嘴格咕会飞走一段时间，大概一年后返回原来的巢里，也有可能遇见意外没有返回的。过去核尔雅有个老庙子，1958年旧庙子垮塌了，一对小红嘴格咕就飞走了，后来庙子恢复修建，两只小红嘴格咕就飞回了，再后来庙子又搬迁修建在河坝，两只小红嘴格咕又跟着僧人们一起搬至河坝寺庙。

村里的人们总是说，永远不知道自己房子上的两只小红嘴格咕究竟能活多久，感觉它们永远都待在那里。石旦真叔叔家里在1997年修建了新房子，将老房子撤去，两只小红嘴格咕也跟着到了他家新房子，那两只小红嘴住家里几十年了。小红嘴格咕每年只生一次蛋，每次生两只蛋，孵蛋时也和其他鸟一样，母鸟孵蛋，公鸟寻食。母鸟在喂食小鸟时，小鸟叫声非常大，小红嘴长得很快。黑嘴乌鸦是小红嘴的天敌，它们会偷吃红嘴，红嘴格咕很护自己孩子，只要黑嘴乌鸦出现在小鸟身边，红嘴格咕会用力驱除它，它们之间会发生激烈的战斗。

小红嘴格咕爱衔种子和粮食，冬天它们最喜欢把粮食种在村子外面的土地里，会去不同的土地中种，它们最喜爱种的是青稞和麦子，找到粮食时，它们首先去地里刨出一个小坑，然后将种子深埋在坑里，并将泥土厚厚地覆盖在上面。待第二年春天，在一块一块的土地边缘，会长出一大簇一大簇的小麦和青稞苗子来，那些经过冬天深埋在地的种子，往往长出来的庄稼苗子特别粗壮，结出的麦穗还特别饱满。

嘉绒地区有谚语：“格咕知道报仇，知道播种，知道爱孩子，也知道找粮食。”

小红嘴也是很神秘的鸟，石旦真叔叔说，有两次夏天，他亲眼看见过，在核尔雅村的雄莫古神山下，有几十只大格咕带着翅膀长硬的小红嘴，聚在雄莫古高山下练习飞翔，这是小红嘴要离开父母去独立生活的时间了。小红嘴如果能飞过这座高山，它们就长大了，就会从此远走高飞。如飞不过山顶，小红嘴格咕就会继续留下来练习飞翔。

当一群小红嘴飞过神山后，它们会在山顶盘旋数十圈不想离开。我想，那一定是它们不舍父母和美丽的核尔雅村子吧。当盘旋到天黑后，那些小小红嘴将会毅然决然离开山顶，飞向北方，从此就远离生养的村子，将生命和一切都交付给异地他乡，它们会飞到比北方更遥远的地方，去地球上一个更加遥远的村庄住下。当故事听到这时，我心里十分惆怅，担心那些飞走的小红嘴格咕，是否能找到一个比马尔康核尔雅村更安全更美丽的村庄，当有一天它们迁徙路过核尔雅村时，它们是否还会记得它们的父母和村子。精心养育的孩子们飞走了，我真不知道两只大红嘴格咕内心有多么的无奈和留恋。

小红嘴格咕一生总是雌雄相伴，这种鸟因为住的地方隐蔽，一般不会被人轻易发现，如果一旦公鸟死去，母鸟一直会坚守在原地等待，不知道多久，会飞来另一只公鸟，如果不被母鸟嫌弃，它们就会聚在一起，结伴度余生。母格咕死去，公鸟一定会很快飞走。一般来说两只格咕鸟会固定的结伴生活。

在嘉绒地区，除了黑乌鸦攻击小红嘴格咕鸟，其他很少有小红嘴鸟的天敌。

布谷鸟（古斯布）

布谷鸟藏语叫古斯布，学名杜鹃鸟。核尔雅山谷里的布谷鸟毛色呈灰黑色，腹部颈部毛色浅白色，头部小而圆，嘴部很尖很细。平时喜欢栖息在高山的树林中，这里的布谷鸟在休憩时，尾部总是低垂着。飞翔时划着平行线从高处飞翔而下，飞过一片田园后到对面的树林中。它们在飞翔时尾部张开得很宽，远远望去呈银灰色弧形。布谷鸟发出“古斯布……古斯布……”的叫声，清脆而明亮，一只布谷鸟轻轻地鸣叫声，仿佛能够响彻整个山谷。

人们认为，布谷鸟是印度来的鸟，它们是有记忆的鸟，今年飞到哪座山，明年会继续飞到哪座山，总是在每年初夏准时到来，布谷鸟是记忆可以遗传的鸟。嘉绒地区的乌鸦背上有一处没有毛，据说是上天派乌鸦去印度把布谷鸟背回嘉绒地区，在飞行中布谷鸟为了抓紧乌鸦背部，爪子把乌鸦背部羽毛给抓掉了。

每年，当嘉绒地区高山的杜鹃花盛开，玉米、麦子和青稞开始拔苗，山谷里的第一批花儿绽放，山坡上长满青草时，远方的布谷鸟就飞回到嘉绒山谷。刚到来的时候，鸟的叫声首先会出现在山顶上，过一段时间，布谷鸟会慢慢飞到寨子周围的树林中来。布谷鸟从来不休憩在地上，都是在树上。

过去，每个村子的山林里，一定会有几只布谷鸟，人们认为它是饥荒鸟，布谷鸟从来不吃粮食，但是它们却是粮食预报员。如果布谷鸟叫时，尾巴就像手掌往下压，告诉人们今年粮食会有很好的丰收；如果尾巴左右摇摆，告诉人们要注意今年粮食收成不好；如果它的尾巴平平地舒展着，预示今年庄稼收成会一般般。当它的叫声很紧张并且急促“咕咕斯布……咕咕斯布……咕咕斯布”，肯定要下冰雹、打雷和下大雨，这时它会一边飞一边不停地叫，飞到树林和村子附近来叫，只是为唤醒人们，赶快想办法避雨避灾。风调雨顺时，它不会发出这样的声音。

它是一只神秘的鸟儿，每年农历三月八日，它从印度飞到嘉绒地区来，如果没有来，表示它已经死去了，那么村子就再也听不到它的叫声。

布谷鸟来时，因为是最缺粮食的初夏季节，嘉绒地区有风俗，当人们听到这一年布谷鸟第一次叫声时，一定要对它说：

“我没有饿，我吃饱了。”男人一定要去喝几口酒，说这样子当年就不会发生饥荒。但是布谷鸟长什么样子、吃什么东西，嘉绒地区很少有人见过，这种鸟从来不会在村子里找食，谁也不知道它们吃什么。当七八月份，初秋时候，人们准备开始收割麦子和青稞的时候，所有的布谷鸟就飞走了。

我想，任何一只鸟儿的生命过程中，一定都有无数属于它们自己的村子和庄稼，还有村子里的那些人和事。难道一只不远万里飞到嘉绒地区的布谷鸟，回到自己的村子，只是为帮助村人完成预测天气和庄稼长势的使命吗？

村里的人都这么说，如果布谷鸟找不到回家的路，说明它已经死在西方了。

乌鸦

乌鸦也叫老鸦，在嘉绒地区较为多见，比鸽子大，尾巴也比鸽子的要长一些，毛色为黑色。乌鸦嗅觉特别敏感。它们一般休憩在树上，会到人居住的村子周围来活动，也会去一些废弃的老碉房中，也常常出没在高山牧场。乌鸦一般成双出现，它们不太喜欢成群结队。乌鸦喜欢吃腐烂的肉，特别喜欢吃死去的小牛和小动物的肉，有时还会寻食猪牛羊的大便里没有完全消化的粮食。它们一般不吃青稞、豌豆和小麦等粮食。嘉绒地区民间传说，如果听见乌鸦“啊……啊……啊……”很急躁的叫声，预示村里会有人生重病或者将有人去世；如果十几只乌鸦集中急切而大声地叫，村里就要有大事情；如果“哇……哇……哇……”长声调叫就没什么事。在嘉绒地区的人们认为，乌鸦是夸大其词的鸟，它们看见一根针就像找到一个大铁塔一般，会“哇哇哇”地大叫，它们看见一粒青稞或者麦子的种子也会大声地叫，就像看见一头大牛那么大的东西一样兴奋。其实，乌鸦叫声只是告知，它并不会给村子带来什么伤害。

乌鸦喜欢栖息在松树和桦树上。

过去，民间还有个传说，说乌鸦本来是好鸟，在古代时候乌鸦说了坏话，上天处罚它，所以，春夏让乌鸦一直待在阳山的树上，冬天却会让它去阴山上住，在桦树上休憩。格萨尔的传说中有一段乌鸦的故事：古代，皇帝（宫玛嘉布）生了三个儿子，三个儿子都是妖怪，格萨尔王去杀这三个妖怪，斩除妖怪后，结果有人暗地里给他食物里投毒想害他，使他一度失忆，几年之间他什么事情也记不得了，于是在皇帝那个地方住了三年。格萨尔的妻子莫尔姆·萨江·格尔姆是位仙女，长得非常美丽，格萨尔三年没有回家，妻子一个人在家里，妖怪霍尔格·拉迦布拉里想打格萨尔妻子的主意，找到乌鸦，让乌鸦去说媒。于是，乌鸦就去骗莫尔姆·萨江·格尔姆，撒谎说格萨尔死了，让她可以嫁给霍尔格·拉迦布拉里（妖怪），她抓了一把灰，撒向老鸦，让乌鸦滚，结果她的戒指脱落，与灰一同打到乌鸦的脸上，乌鸦将戒指衔走，并告诉霍尔格·拉迦布拉里，说莫尔姆·萨江·格尔姆愿意嫁给他。正当妖怪有一天去抢格萨尔的妻子时，格萨尔刚好回来遇见，将妖怪进行了处罚。后来上天知道这个事情后，惩罚乌鸦，在最冷的三九四九天，让乌鸦住在阴山的红桦木林中，天还没黑它就会上树睡觉，红桦木树干皮子光溜溜的，夜里它会冻僵，从树上掉下来几次，每次摔醒后，它会立即张开双翅“扑棱棱”地又上树了。可是在夏天，却偏偏让它住在特别热的阳山上，把它热得“哇哇”叫唤。

传说，每一只乌鸦的翅膀都是药，翅膀烧成灰，可以医治牛的眼疾。在治疗牛眼睛时，只需要用一段麦秆，把乌鸦翅膀的灰装在麦秆的空管中，人用嘴轻轻将乌鸦翅膀的灰吹到牛眼睛里，那样牛的眼疾几天就会好了，牛眼睛如果不治疗很快就会瞎掉。从古至今，还传说乌鸦的血擦在人的眼睛里，人就能什么都看得见。

嘎基鸟

嘎基鸟每年春耕和下种时来到核尔雅村，秋耕一完它就飞走了，整个冬天嘉绒地区都不会看见这种鸟，传说它也是从印度飞来的鸟。嘎基羽毛黑色，像小红嘴格咕大小，白色的鸟喙。它在树上做巢，捡树枝、毛发、布条等，巢做得粗糙而简单，巢底部比较暖和。嘎基鸟的蛋有手掌心大，蛋有各种颜色，斑斑点点，一般一年只生两只蛋。嘎基胆量特别大，每年开始耕地期间，它总会与牵牛的小孩抢吃八嘎。

八嘎是一种猪脚腌制的美味，在嘉绒农区，每年杀年猪后，将一对猪脚的骨头去掉，将盐和香料瘦肉填充在里面，后将其皮子的口缝好，腌制一个冬季，成为一种妙不可言富含氨基酸的美食，每家每户会在春耕时拿出来，款待前来帮忙的耕地人和牵牛人，最粗的部分给孩子舅舅吃，最尖部小骨头的部分，切给牵牛小孩吃。每年，开始耕地，嘎基鸟就会去抢食牵牛的孩子手里的八嘎，它会趁牵牛小孩子不备时，猛然飞过去，狠啄孩子的头部，小孩受惊吓，用手去护头，那瞬间，嘎基就将小孩子手里的八嘎抢到飞走了。

老鹰说过一句话："如果我老鹰有嘎基胆子大，我可以把耕地的牛都叼走吃掉。"

在耕地时，嘎基鸟，总是飞到牛的枷担上，它胆子很大，不怕耕地的人，当然这里的人们也不会轻易去伤害它。嘎基鸟主要是吃刚翻耕土地里的蚯蚓和老母虫，它不会抢粮食吃。石旦真说，很多鸟孵蛋时间都在开春前后，那时万物复苏，这个时候嘉绒人会教育孩子别去掏鸟窝，鸟嗅觉非常灵，只要有人动过它的鸟巢，它会放弃鸟巢和鸟蛋，那么，巢里还没有孵化出来的小鸟就会被冻僵死去。

马鸡

核尔雅山里有很多马鸡，这里的马鸡有两种颜色，一种呈白色红嘴红冠子，另一种呈黑色红嘴红冠子。黑白色的雄马鸡都有一身色彩绚丽的羽毛，有硕大而漂亮的长尾，尾巴的毛色像小孔雀一样美丽。

黑马鸡喜欢生活在杉树和落叶松树中，夜晚就住在树上，它们主要吃草种子和朽木里面的虫子。白马鸡身上有洁白而靓丽的羽毛，眼睛周围有黑色羽毛，鸡冠红色头上有一点黑色羽毛，脚腿呈红色，爪红白相间。喜欢住在青冈林中，食草根和青冈籽，也喜欢跑到农人的地里吃庄稼。马鸡喜欢到寨里来。马鸡一般将蛋下在树洞和土洞中，每年一次性下蛋可达15个左右，然后开始孵化。马鸡出行一般会成群结队，很少会单独出行。

有种长得很像白马鸡的叫格尔玛雅日鸟，格尔玛雅日外形极像小马鸡，全身毛为白色，是马鸡的天敌，它们专门攻击马鸡。平时格尔玛雅日鸟躲在马鸡喜欢出没的树林边和草丛里，当看见一只马鸡起飞时，格尔玛雅日鸟会突然蹿飞出草丛，紧紧飞过去追上飞翔着的马鸡，用它尖尖的爪子将刚起飞的马鸡扑翻在地，用坚硬的嘴和爪子将马鸡肉撕掉，动作极其凶猛和快捷，吓得其他马鸡落荒而“飞”。

偷袭马鸡的还有黄鼠狼。黄鼠狼走路很轻很轻，基本不会发出什么声音，它悄悄地跟在马鸡后面，当马鸡起飞时黄鼠狼就跳上去，可以一跳几米远飞升扑向空中的马鸡，专咬马鸡的脖子，马鸡带着黄鼠狼越飞越低，最后落下被黄鼠狼吃掉。

马鸡体重与家养鸡差不多，一只大的马鸡有3~4公斤重。在生产力极为低下的年代，人们的生产生活条件是极为艰苦的，人们集体劳动、集体狩猎，很多时候会去打猎马鸡。打猎马鸡时，一般是三五成群集体出动，等天黑后才去马鸡生活的树林，马鸡视力和听力都很敏锐，一旦发现有人在林子里活动，它们很快会全部飞走。天黑马鸡就会上树，当听见它们张着翅膀“噗……噗……噗……”起飞，同时嘴里发出“咯……咯……咯……”叫声时，就是它们上青冈树休憩了，这时一些猎人们在青冈树下点燃麦秆，一些人借着火光向树上开枪，马鸡惊吓后飞向火光，猎人继续开枪，黑夜里只要听见“啪……啪……啪……”的野鸡飞落下地的声音，就是马鸡被打中了，遇见树林里马鸡较多时候，猎人们一晚上也会收获几只猎物。马鸡起飞时会发出很特别的叫声“卡德勒……基……卡德勒……基……”，仿佛是鸡嘴里发出“卡德勒……”声，却在鸡屁股里发出“基”的声音，那一声声“卡德勒……基……卡德勒……基……”叫声嘶哑而急促。马鸡动作很灵敏，视力很好，脖子很长，一般不容易被打中。树上其他的马鸡听见枪响，很快全部都会飞走。

过去，当一个馍馍值5角钱时，一只马鸡可以卖到7~15元钱。今天，随着人们的生活越来越好，政府也在严禁偷猎野生动物，在嘉绒地区，人们不再猎杀野马鸡了。

猫头鹰（八古）和蝙蝠

猫头鹰喜欢夜晚行动，白天一般不活动。头部长得像猫，眼睛黄色，爪子上有很硬的鱼鳞样的甲，脑袋圆圆的，头顶平。主要吃肉食，喜爱吃老鼠、猫和一些小鸟，蝙蝠最爱与猫头鹰一起夜晚活动。它们不会在人居住的村子居住，一般住在山洞或者树林里。晚上听见村外有“哦唔……哦唔……”就是猫头鹰的叫声，蝙蝠叫声为“啊布嘟噜……啊布嘟噜……”，嘉绒民间传说蝙蝠也会学狗和其他动物叫，就是没法学羊叫。蝙蝠的窝是这些会飞的动物里做得最好的，圆圆的很暖和。

啄木鸟

啄木鸟藏语是斯哥腾拖，是益鸟，专吃树木里的虫。羽毛呈黑色或者灰色，头顶红色羽冠，它的嘴又尖又长，靠吃虫养活自己，给树木治病，一边爬树，一边找虫，一旦发现虫眼，就用嘴发出“笃……笃……笃”的啄树皮声，它吃虫时会挖很深的树洞，一棵树上的虫吃完了，就飞到另外一棵树上去。

传说啄木鸟说过一句话：“嗑孔……嗑孔……唔那约，莫孔……莫孔……热酒满。我挖虫子我脑袋痛，不挖虫我肚子饿。”传说啄木鸟挖虫久了会把嘴挖出血。

嘉绒民间传说，啄木鸟全身都是药。有两种颜色，一种是灰色，个子很小，药性不大；另一种为黑色，黑色很少，珍贵，药性很大。过去，嘉绒地区，牛得了传染性的痢疾，将一只啄木鸟烧成灰，兑水给牛灌进肠胃牛病很快就会好转。一只灰色啄木鸟灰能治100头牛的传染性痢疾病，一只黑色啄木鸟灰能治1000头牛的传染性痢疾病。灰啄木鸟嘴短小，只能取树皮上的虫，黑色啄木鸟嘴很长，能捉树里面的虫。啄木鸟一般不会进村寨来活动，也不会到草坪上，喜欢住在杉树林中，在要枯干的杉树洞里筑巢。这种鸟的警惕性很高，人很难抓，一般单只出现，很少成对出现。只要有人用手去摸它的鸟巢，啄木鸟就再也不会返回那个树洞。

巴尔基思朵鸟（虫草鸟）

虫草鸟藏语叫巴尔基思朵鸟，个子与卡布基大小差不多。一直生活在海拔3500米以上有虫草的雪山上，身子像炒过的胡豆，毛色为黑、黄、白色和灰色相间，总体毛色很复杂，脖子上有一圈纯黑的毛，一圈纯红色的毛，极像带了两串美丽的项链，这种鸟只活动在虫草生长的地方，喜欢休憩在大石头上面，爱发出“唧唧……唧唧……唧唧……”的鸣叫，平时喜欢将尾巴张开，尾部打开后呈灰色，尾部每一根毛尖都有白点。

人们说它是一只打扮过的漂亮的鸟。在石头上休憩时尾巴总是左右摇摆着，不断地开开合合，像极了扇子。喜欢吃虫草和土里金黄色的虫子，它总是喜欢在溪水流经的石板上洗澡，一边洗澡一边舞蹈一边歌唱。巴尔基思朵乌从来不会下山，不到河坝地段。

传说中巴尔基思朵乌的声音非常动听，它的歌声好似天籁一般美妙，它是非常漂亮而快乐的小鸟。

贝母鸡

贝母鸡形状比鸽子稍大，毛色为灰白色调，爪子也呈灰色。生活地方很固定，一直生活在高原半山腰，居住在贝母生长区，生长贝母的地方，就会出现这种鸡。它们一对对地出现，贝母鸡专吃贝母和金黄色的贝母虫。不怕其他鸟。贝母鸡肉是很好的滋补品。

喷母鸟

喷母鸟比贝母鸡大，稍胖，在冬天易见，住在寒冷山顶上，喜欢出现在终年积雪的雪山刚裸露石头和泥沙的地方上。这种鸟，不怕风吹、不怕下雪，白天一直都待在石头上，夜晚就在浅浅的岩石窝子里住。一般成双，每当人们去高山遇见时，总是会看见两只鸟站在石头上。

开春后，它却又搬下山来，到最暖和的地方住。古代时就有传说，说喷母鸟“越冷越好，冬天去山顶上住，白天黑夜都在那里住，在石头的小岩石窝子里住”。藏语非常美妙地形容说：“恰拉恰哥，卓拉卓尔哥。”意思是越冷越要冷，越热越要热。

传说中这种鸟的叫声也是药，声音可以医治人们精神萎靡不振、体弱多病和一些久治不愈的顽疾。

喷母鸟飞翔时，尾巴和翅膀先打开后再飞，翅膀羽毛中间有很多细小的花纹，极像一只一只的眼睛，那花纹极像用细笔画过一样，叫声“呱呱……呱呱……呱呱……”，连续叫几声后一边叫一边飞。

过去一个人冬天穿得薄，夏天穿得很厚，人们会说他像喷母鸟。

喷母鸟从不到处乱拉大便，拉大便有固定地点，粪便像鸽子蛋那么大小，传说它的粪便也是药。在古代缺医少药，喷母鸟的肉和粪便都可以治疗奇索榴斯病，也就是人们常说的狂犬病、脑膜炎和痢疾等。

嘉绒地区传说，人们如找不到啧母鸟，还可以找它的粪便来治病，如粪便也找不到时，就可以去听它的叫声来治病，传说再怎么厉害的狂犬病都会好的。啧母鸟在地上休憩时从不发出叫声，当它飞起来时就会发出“呱呱……呱呱……呱呱……”叫声，人们一般不容易遇见它。

嘉绒地区有这样的说法：人和鸟本来是兄弟，人比不上一只鸟，人一定要学会去做一只鸟，去学会像一只鸟儿一样放声歌唱。

萨嘎鸟

萨嘎鸟与小红嘴格咕一般大，尾巴长长的，羽毛为黑白花纹，脖子有一圈白色，翅膀为白色，胸脯白色，其他地方为黑色。一般在高山上生活，这种鸟喜欢成双结对，它们很少到村寨来玩。

喜欢生活在两座山之间的山尾沟子的尾部，主要在茂密的高山松柏生长的地方筑巢。它们不怕冷，萨嘎鸟在柏树上筑巢，主要用又粗又短的树枝，随意交叉乱搭建一个鸟巢，巢的下面铺着一尺厚的杂草，鸟蛋下在鸟巢内。

平时叫声很急，一般遇见人的时候叫声更急，“青恰……

青恰……青恰……”。它们吃草根、草籽。嘉绒地区的老人们都说，将萨嘎鸟的窝用口袋或者背篓背走，如拿的时候一根草都不留下，拿到河边，将它的窝里的东西都丢在水里面，普通的树枝和草都会顺水流走，那根逆流而上的就是灵芝草或者灵芝的花。运气好的时候一定有一株灵芝草。

习若衣鸟（花包鸡）

习若衣鸟在干燥的地方有个窝，鸟回窝里时，总喜欢在巢里张开翅膀和尾巴，尾巴像小孔雀。习若衣鸟是主要吃粮食的鸡，一直住在粮食地里面，开春当庄稼生长出来后，庄稼有30~40厘米高时，这种鸟就会在庄稼很茂密的地方下蛋，夜晚就在地里睡觉，一次下5~6个蛋，成活率比较低。它们蛋在15天左右就孵出小鸟，公鸟很漂亮，母鸟呈灰色。20多天就看得见一群小鸟跟着大鸟，它们会啄很多小白石头磨自己的胃。

这种鸟喜欢在地上活动，也喜欢从一个田地飞向另一个田地。

鸽洛（野鸽子）

野鸽子藏名叫鸽洛，羽毛白色为主，翅膀上有几丝黑羽毛。野鸽子比较喜欢成群结队活动，有时几十只一群，有时上百只一群。野鸽子常会去旧房子和崖石洞里栖息，不会憩在树上，它们很喜欢在古碉楼里筑巢。

鸽子在天空飞的时间较多，不管是夏天、冬天都在相同的地方休憩，还会去麦子地里拾粮食，喜欢吃小白色石子。野鸽子成群结队，在树林的边缘飞来飞去，然后喜欢落在大地上，翅膀不停发出“嗡……嗡……嗡……”的扇动声，快速扇动翅膀，在大地和村子边平行飞行。起飞落地都很快，落地后头向下，快速啄地上食物。嘴里面“咕……咕……咕……”叫着，边叫跑边找食，从地的一端跑到另一端。一到地脚边，又像被什么惊吓般，突然就慌慌张张地起飞，飞得高高的，绕过寨子飞一圈。

过去生活困难，人们爱打猎鸽子，晚上去旧石碉楼上，一些人准备木棍，一些人准备麦草，点燃麦草后让火光向下，鸽洛看见火光全部向下飞，一些人悄悄地拿着木棍打向下飞的鸽子，有时，一晚上打得到十几只。人们认为，鸽子的郡肝能治消化系统的疾病。

鸽子一般喜欢住在比较空寂的地方，很少去人多的地方筑巢。石旦真叔叔说他的屋子里就从来没有看见过有鸽子来住。嘉绒藏族谚语“格咕萨尔嘎，鸽洛刹布洛”，意思是家里有小红嘴格咕来就好，但是，鸽子成群来谁家里一定不好，如果鸽洛去了那家人就要败光了。

鸽子的警惕性很高，喜欢落在一块土地的低矮之处，然后慢慢往土地上方爬。过去，打猎野鸽子的人，只需要躲在土地的下方，从鸽群的后面偷袭它们，很容易成功。

有种叫热的鸟，专吃鸽子，也吃马鸡和画眉鸟，热鸟飞起来时翅膀发光，淡淡的银灰羽毛，它一般飞得比鸽子和画眉鸟高，当它发现猎物后，从高空冲下来，直接用爪子抓住猎物，用嘴巴啄鸟的头，直到把鸟吃完，这里很少见鸟吃鸟的现象。世界上所有的事物，往往都是一物降一物，鸟吃鸟的现象就是这道理。热鸟喜欢抓独立的鸟，鸽子成群不宜抓。别的鸟只要发现有热鸟从天上冲下来，都会惊慌地跑到林子里躲起来。

鸽子的蛋呈蓝色的珠子样，形容珠子好看都说像鸽子蛋圆圆的。嘉绒地区认为，鸽子的肉能治人头晕病。

谷吾鸟

谷吾鸟长得很像雕，雕的头部是白色，它的头是花色。村子里的人说从古至今村子里只有两只谷吾鸟，石旦真叔叔的村子不远处有个很高的岩石山，经常可以在寨子里看见岩石上那两只谷吾，谷吾一般成双出现。

一但看见谷吾飞来，一般说明天气开始变冷，要下雪的时候，它们住在高高的山崖上，喜欢在高山山崖之间飞翔。它们筑巢的地方，是人根本去不了的地方。谷吾一般用一米左右的木棍筑巢，衔毛皮、毛发、烂布等垫窝底。烂皮、骨头、动物肉都要吃，特别爱吃动物的棒子骨，看见牛骨，眼睛不停东看看西看看，吃骨头时会将牛棒子骨叼起来，飞到高空然后将棒子骨在石头上摔碎。

嘉绒地区传说，谷吾肚子有生铁水，能将骨头消化。藏语叫“谷吾·尔斯谷·克秋都”。谷吾是药，治食道癌病，当一个人吃饭，特别是糌粑吃不下去，将洋芋在火炉里烧熟，洋芋切去一头，将酸菜水和洋芋一并吃下，最后只剩洋芋皮。得了食道病，人们去打谷吾，将谷吾的郡肝取出来，让病人喝汤，核尔雅村从古到今只有两只谷吾，它们住在一个很高的大大的岩窝中。村里人从来没有办法上去。从下面看得到它们的窝，经常会看见，一只在飞，一只在孵蛋，它们的蛋非常大。嘉绒地区传说谷吾下了三只蛋。“谷吾、谷齐、谷扎”三只蛋，孵出一个谷吾，一个拳头大的哈巴狗谷齐，一个是一坨铁谷扎。过去传说，这些都是宝贝，若有人放毒，人把哈巴狗抱在怀里，如果这碗里有毒，这狗就嗅得出来，可以救主。谷扎是一坨铁，人们说也是宝贝。

核尔雅是一个古老而美丽的嘉绒藏族聚居小村，每一只小鸟，与村子共存，守望着岁月和日子，它们睿智而坚定，从这个村子出发又回归，回归又出发，每只小鸟生命虽然十分的脆弱，但是，为使命所召唤，一代又一代，究竟要在这世界与核尔雅村之间完成什么样的使命，石旦真叔叔说，这是人类永远无法破解的谜。

我想，坚忍既属于神和铁，坚忍也一定属于核尔雅村里每一只小鸟，也属于这里的每一个人。人类在改造自然的过程中，一定要学会尊重每一个生命，哪怕是一只小鸟。

让风吹过我的村子

初秋的午后，一束阳光透过木窗，斜斜地照在阿江奶奶石头藏楼的房中，阳光也照在地板上那一大堆刚从地里收回的玉米上。我和阿江奶奶坐在小木凳上，我们俩一边说着话，手里不停地撕着玉米苞谷壳，撕掉壳的玉米要趁初秋的阳光，放到楼顶去晾晒。

那天，我是跟着村支部书记的妻子玛基，去她姐的婆家阿江奶奶家的，玛基要去帮阿江奶奶家收玉米。驻村期间，我一个人总愿意跟着玛基走村入户，那样，既可去深入了解村里的情况，也可随心走走看看，去听听村子里一些动人的故事。

清澈的蒙岩溪水跳跃着，跌跌宕宕地从村子下深涧中流淌而去，初秋的阳光下，地里的玉米棒饱满而低垂，玉米的叶子依然十分青翠，山雀歇息在房顶上，发出“啁啾、啁啾”声。

一到村子，玛基就把我带到阿江奶奶火塘边，让我去陪阿奶撕玉米，她和她姐姐与村里来帮忙的几个年轻人，一头钻进玉米地里掰玉米去了。玛基和姐姐都是很漂亮的嘉绒美女，与村里的年轻人一样，都充满朝气和活力，我进村看见的那几亩地的玉米，被她们很轻松地收割完毕，才三四个小时，几块黑土地里高高的玉米就被夷为平地，只剩下一些小花草了。村里的人特别热心肠，邻里和乡亲相互帮助，他们也一起帮助村里所有的贫困户和缺乏劳动力的人。

阿江奶奶碉房的火炉上，熬着一壶奶茶和一壶开水，锅里煮着风干的藏香猪肉和香肠。今天，是她家收玉米的日子，村里的人来帮忙，锅里煮着午饭，奶茶香和藏猪肉香味弥漫在整个房间。

透进窗的阳光，被火炉里不断冒出来浓烈的烟雾缠绕过滤着，成为凝脂一样洁白的光带，被竖条的木窗若有若无地分隔成束，在藏式橱柜和房间的木地板间游离闪烁，折射在橱柜中的几只黑陶罐身上，透来斑驳迷离的光芒，小村的时间，仿佛被凝固得深邃久远了。

我和阿奶一搭一搭地说着话，阿江奶奶面容慈祥清秀、肤色白净、精神爽朗，劳动让她活得很开心，岁月只在她的额头上刻了几丝细细的纹路，与我说话时，她总是微微笑着，笑起来还带一些少女的羞涩和腼腆。

她说，她的丈夫原来在县粮食局工作，退休后回到村子来生活，回来三十多年了，他有汉姓，姓陈。他们有一双儿女，都结婚了，儿子和媳妇在村子务农，女儿女婿在外工作，孙儿们都在外读书。

“我快满八十岁了，我老头子都满八十五岁了，他现在身体不太好了，身体好的时候偶尔上山放放羊，捡捡菌子，我给他说，想干就干点轻松的活路，不想干就坐在楼上去吹吹风，晒晒太阳。”阿奶说这话的时候，语气里带着对丈夫的体贴和关心。在我看起来，阿奶的年龄，并不是她所说的那么大，我感觉不到七十岁的样子。

她说：“我喜欢我们小村子里的生活，我喜欢有风吹过村子的日子。”

“有风吹过村子的日子”这句话，乍一听，你一定以为是一个诗人说出来的句子，但不是，这句话，是一个地道的八十岁农村藏族老阿奶嘴里说出来的。在阿江奶奶的心里，她的村子很安静美丽，吹过村子的山风芳香有味，山风乖巧，有时也会发脾气，风会带来各种美妙的声音，也带来各种好的心情。她熟悉来到村子里的所有风，就如熟悉自己家的每一个孙子，喜欢风吹过村子的日子，就如喜欢孩子在身边的日子。

她说，春天来了，当柔和山风从森林那边吹过来，画眉鸟和山麻雀就会在村子里欢快地“叽叽喳喳”叫起来，这时她就知道该去给田地松土、背肥料、撒种子了；当山风带着新鲜泥土香味，吹上碉房时，她就知道种子开始发芽了，山花要开放了；当山风带着细雨滋润声和潮湿青草拔节声，悠悠吹过房顶时，她就会听见布谷鸟的啼鸣声，这时她就知道该给玉米和麦子松土添肥了；当暖暖的山风从窗外，带着轻微的口哨声吹进屋子，送来白野玫瑰花的芳香时，这时风能把她从梦中唤醒，满含花香味的风，仿佛是她又一个乖孙儿在轻轻敲房门，她就知道是玉米和小麦扬花授粉的时候了；当山风呼啸，带着夏日的雷电暴雨声，划过石碉楼的夜空时，这时的风，特别像个淘气的孩子，一定会把很多东西破坏掉，甚至把石板瓦片摔下楼顶，她便知道，该给房顶压土添瓦，做好防漏和排雨了，也该选个好日子将青稞和小麦收回家了；当山风夹带着庄稼地里玉米枯叶声，森林边落叶的“沙沙、沙沙”声时，她便知道该再过几日去收割自己家地里的玉米和土豆了；冬日，带着冰霜和寒冷空气的山风，一定是呼呼啦啦地尖叫着吹过石板的房顶，这时知道雪要落在村子的森林边了，她会将火塘烧得旺旺的。

小村生活的日子久了，阿江奶奶知道，小村子里该什么时间吹来什么样味道和声音的风。如风不按时来，阿江奶奶会爬上碉房的顶楼去等风，实在久等不来，她会轻轻地为风做祈祷，希望风能平安到达她的村子。只要等来那季节里的风，她还会喊上老头子上山去，去找回放养在森林里的藏猪和那些牛了。

吹到村里的风，被阿江奶奶听惯了，山风便成为阿江奶奶的孙儿一般，阿奶知道它的脾气和性格。

她说前几年在城里带孙子，租了间小房子，周围全是高楼大厦，小房子一点风都吹不进来，她不喜欢那无风的日子，那日子让人憋闷。

阿江奶奶所在的这个村子，是我们单位脱贫帮扶联系的蒙岩村山脚下一个只有六七户人家的小村子，小村子名字叫斯塘夏。小村的上下不远处隐隐约约还有几座碉房，掩映在森林中，炊烟袅袅。

之前，每次去蒙岩，我们都会经过小村上面的道路，夏天去的次数较多。几栋藏式碉房很诗意地点缀在开垦出来的山坡的几块台地中间，整个村子周边是红、绿、黄多种杂木林。

夏天，这种带刺的白色野玫瑰花，在这里开得特别耀眼，盛开在路边、田边、森林边，满山满坡，芬芳而美丽，那白色的玫瑰花，仿佛能让整个世界变得纤尘不染，静谧而美好，小村子被掩映在这满山的白色玫瑰花丛中，清澈的溪水在村下流淌。每次路过，总爱驻足停留，望望这个被白色玫瑰花包围浪漫无比的小村庄。

虽然，白玫瑰在马尔康众多峡谷中处处盛开，但是，它们在这里开得特别得安静饱满，朴素而芳香。

这让人联想起一百多年前英国皇家旅行家、植物学家伊莎贝拉女士写的《长江流域旅行记》一书，她到过马尔康梭磨和这些峡谷，书里曾经这样描述马尔康峡谷的植物世界和白玫瑰："透明的河水是绿色的，看起来像翡翠。河边弯曲的树干上悬挂着蕨类、兰花以及红色和白色玫瑰长长的枝干。树干上有一层薄薄的蕨类和美丽的南海瓶蕨，在阳光的照射下仿佛是透明的。飞流直下的瀑布形成了一片片水帘，溅起朵朵浪花。在一滩滩深邃碧绿的水池里，河水停住脚步，水池中倒映出玫瑰花、铁线莲和雪山。但河水的轰鸣声却永远回荡在峡谷和悬崖中……我们在这个美丽如童话世界，充满芳香的地方走了几个小时，现在回想起来也是一种奢侈……"那美丽白色玫瑰花令西方人流连忘返。

进村那条小路的尽头，被几条更小的路连接着，那几条更小的路一条条从秋天的田地中延伸过来，道路尽头便是一间间古老的碉房。

那些石碉房，恰到好处地分布在秋天的玉米田地旁边，房前是一些成熟的玉米地，房后较为潮湿的地里栽种着洋萝卜，玉米地里还有很多已经成熟的向日葵。房屋、田园、山水、森林构成一幅与世隔绝的典雅悠闲的图画。田地十分整洁，房屋十分端庄，村子一派宁谧。

石碉房均为3~4层的藏式结构，房顶上几乎都盖着石片瓦，也有两三间新碉房上盖着红瓦片。就地取材、石木本色的建筑，仿佛受尽周边自然环境的特别浸润与加持，与周边土地和山石浑然一体，与花草树木气息和谐，经过无数年月的洗礼，美感十足，每一座石碉房，好似一个智慧的老者，神态安详，脾气平和，带着厚重淳朴的气质，安然坐落在祖辈们开垦的土地中央。

十几株高过碉房的核桃树，点缀在村子间，那些核桃树干粗大，有的需要三四人以上才能将其合抱。我想，你只要一走进马尔康的嘉绒藏寨，不需要多问，只要看谁家门口的核桃树的大小，你便可知道这座石碉房有多古老，老核桃树既是这家人的依靠，更承载着碉房和村子无限的希望。高原山区，核桃树特别能抗击各类自然灾害，在过去灾荒年代，谁家庄稼歉收，只要家里还有几株核桃树，那么今年一定会平安渡过困难的。老核桃树高可达几十米，夏天，一座大碉房、一大块土地以及很多的庄稼和牛羊，都可以在一棵棵宽大的核桃树冠掩映下，凉快地躲过高原强烈的高温和燥热，度过炎热的高原夏天和秋天。核桃果味香可口，还是嘉绒人酥油奶茶中必不可少的佐料。

这个季节，村里的核桃果实已熟透了，熟透的果子随着秋风掉落一地，进村我就能听见“啪嗒、啪嗒”时有时无核桃落地的声音。一群藏香猪被那“啪嗒、啪嗒”声音吸引过来，在地上抢食着随处可见的核桃果，它们嘴里发出一串串“嘎嘭、嘎嘭、嘎嘭”声响，它们不时还发出欢快的哼哼声。

几只小狗，毛色黑白相间，在村子里蹿动，看见陌生人来村，都抬起头大声地吠，就能听见谁家老阿奶或者阿爷发出几声吆喝，于是，几只狗仿佛就懂了意思，不再吠了。

阿江奶奶家和村里的人们一样，他们珍惜和感恩大自然赐予他们的良好环境，他们从不去破坏周边的花草树木，花草树木在这里野性而自由地生长，万物充满生机，在美丽的小村子里，过着依靠原生态，保护原生态的生活，他们种地养殖，捡菌子挖中药，日出而作日落而息，过着自己满意的日子。

阿江奶奶儿子三郎，帮忙一篓一篓地将撕去皮壳的玉米背到楼顶去晒。他告诉我，以前他家养了一百多只羊，说羊比较破坏植被，目前他把羊全部都卖了，想壮大其他产业，准备来年养藏香猪，把村里那些没人种的土地全部低价租过来，用租地种玉米来喂猪，他说自己有的是力气，就是缺少思路，希望我也帮助他想想怎么发展产业。

他计划建一个大一点的养猪场，准备将猪场建在靠青冈树的山边，他说，放猪有技巧，春天刚把猪仔放上山的时候，得给猪搭建一个窝棚，带一些玉米或者胡豆撒在窝棚里，最初十几天，主人每晚要到棚圈前，用一个大瓶子装上一些玉米，在手里不断地摇动，瓶子内的玉米碰出声响，让猪听见，同时在窝棚内撒上玉米粒，每天如此，猪形成条件反射，每夜会按时回到窝棚来过夜，十几日后，主人就不再频繁去喂它们了，可隔很长一段时间去喂一次，直到秋天，将他们赶下山来关在圈里喂养。节约很多人力和粮食，猪在森林里长大，还会与野猪杂交，生出更多的猪仔，一起带回家，这样喂养出来的猪，肉质香嫩，还节约人力和粮食。看他如此充满信心，于是，我鼓励他试试，我想他一定会成功的，他们那里有那么多天然的青冈籽可利用。

他说除了种地、养殖，他们村里的勤快人家，每年都会到附近的山上去采松茸和各种野生菌，也有很多名贵的中药材，比如羌活，他和老婆一个夏天只挖中药材和菌子都能拿回家三四万元钱。

一边说，一边同他上楼去晾晒玉米，一上楼我就看见一个老爷爷坐在二楼平台屋檐下晒太阳。三郎说是他爸爸。如阿江婆婆说的一样，陈爷爷看起来身体有点虚弱，脸色有点青，他看见我，忙给我让座。他说他自己得的慢性肺心病，感觉呼吸比较累，在楼顶吹吹风舒服一些。他说，自己的病已有很多年了，也看过很多医生，该老了。他没事就会在楼上很久很久地坐着，吹吹风，晒晒太阳，每天看阿江奶奶楼上楼下地晒粮食、晒衣服、晒猪草、晒牛草，身体不好，帮不了阿江奶奶多少。

等阿江奶奶闲暇时，她会陪陈爷爷一起坐在楼上，煮一壶山上采回来的茶辣树叶（当地野生老茶），安静喝茶，一起看村里的庄稼发芽长大，看村周围的树木开花、结果、落叶。一起吹吹村子里的风，他们很满足也很开心。

前不久，听玛基说，陈爷爷心肺功能衰竭，春节前去世了，按照他生前与阿奶的约定，安葬在小村前高高的山梁上，他说他要在那里等阿奶老去那一天。

不管陈爷爷他的故乡在哪里，这生他找到了一个安静的村子。在这个小村子里，他用尽了一生的时间，与他爱的人相守了一辈子，坐在楼台的微风中，过着一起听山风吹过他们小村子的日子。与爱人一起播下种子，一起期待种子发芽，期待山花烂漫，等待庄稼成熟。他们的人生是完美无缺的。小村的日子，令人羡慕，真愿意生活在这样子的一个小村庄，做一个如阿江奶奶这样子地道的农民。

下辈子吧，我想下辈子我一定愿意，当一个地道的农民，就这样，在小村子里，与爱的人一起男耕女织，养一对儿女，关心粮食和蔬菜，放马劈柴，过日出而作日落而息的日子，看着白色玫瑰花开满山坡，一起听风吹过我们的小村子。

等阿奶百年以后，他们俩一定会继续听山风吹过村子，那一听，将会是永远！

川西院子的思念

如果所有土地连在一起，走上一生只为拥抱你！

——摘自马頔《南山南》歌词

1

那年，母亲回到川西坝子的娘家，生下了我，二十天后，她返回阿坝高原上班了。于是，我的思念和我的童年，一起被母亲留在了川西坝子的那个老院子里，那被我称为“阿公的老院子”的家，我和哥哥、表哥们一起长大，与阿公、阿婆、三姨一起，度过了我童年那些美好的时光。

老院子是个四合院，有二百多年的历史了，母亲的家谱有记载，张家人是在湖广填四川从广东迁徙过来的，所以称呼里有广东人的习惯。母亲曾说过，在老院子右前方的竹林里，安葬着张家十几代的先人们。

院子的房屋，是典型的川西民居，白墙青瓦平房，大院呈“凹”字形布局，正房、耳房、厢房十几间。正面一间大堂屋，一边一间耳房，耳房左右转角，转角处是两个大厨房，右边厨房属于阿婆主管，负责全家大多数人的吃饭问题。左边厨房属于终生未嫁的三姨，三姨负责我和我哥哥的吃饭问题。左右厨房很巧妙地将房屋转了两个直角，直角拐过去两边各自三间厢房，将院子的三边围住。四合院的正前方，没有建房屋，阿公在那边筑了一圈不高不矮的女儿墙。女儿墙是黄泥墙，泥巴墙上盖着一排小青瓦，瓦上的青苔显出墙的岁月。阿公决不会让杂草在土墙上生根，在他的看护下，那土墙永远都完好无缺，哪怕掉一块泥巴一个小石头，很快都会被阿公发现，并及时修补上，土墙无比的完美，于是，土墙好像也心生感激，一直陪伴着这院子悠悠的岁月。墙内，栽种着楠木、银杏、芭蕉、橘子、柚子、核桃、柿子、板栗树和牡丹、兰草、秋菊等花草。

我一直喜欢叫那院子——阿公的老院子，还因为在我小时候的记忆里，院子大小事，一般得由我阿公决定，其他人去执行。阿公是家里的主心骨，除了我和哥哥偶尔惹他生气，被他训斥两句外，家里生活祥和而恬静。院子的岁月，在阿公的呵护和精心经营下，庭院诗一般美丽整洁，家人一起劳作，一起歇息，庭院里的日子，在日和风轻的美好中，一年又一年。房子的旁边，栽种几株橘子树，栽在右边耳房的拐角处，平时那橘子树和果子不起眼，也没人去注意，可是到了秋天，我每天都会注意它，那高出房子很多的橘子树，枝丫上缀满红红的橘子，弯弯的枝丫一直垂落到青瓦房的屋檐上。左边耳房后面，有两株高大无比的柿子树，也挂满了红红的大柿子，我焦急地等着它们成熟，用期盼而渴望的眼睛，吞咽着唾沫，看着它们从淡红变成透红，只等阿公摘橘子的命令，命令发出后，表哥和哥哥就会拿出两个大大的竹箩斗，将树上的红橘子摘下来。当天我和哥哥们，会就橘子吃个肚滚瓜圆，牙齿都在酸。院坝有半个篮球场那么宽大，院子左前方，有两株大板栗树，阿公特意开挖了一个大池塘，池塘围在板栗树下，板栗成熟后会自然落入池塘内。当年，我和哥哥只需要拿一个篼篼去池塘打捞就可以，避免打板栗时，头部被多刺的板栗砸肿。平时家里的鸭子和大鹅就放养在池塘内。

童年时，这白墙青瓦，房顶上缀满红橘子和红柿子的川西院子，就在我心里播种下了美丽，送给我第一幅人间最美的庭院山水图。

院子鸡鸣犬吠，那些个蜜蜂、鸡鸭鹅、猪牛羊、池塘的鱼儿，青瓦房边那几株一到秋天就红得发亮，缀满枝头的橘子树，林子里的几株柚子、几株牡丹、几垄秋菊和芭蕉树，还有四合院前的那段院墙，仿佛都乖乖地服从着阿公和阿婆给它们安排的生活。

几桶土蜜蜂放在围墙的角落，蜜蜂们忙着进进出出采花蜜，阿公说，农人养蜂不是为了吃蜜，主要是让蜂蜜为植物传花授粉壮苗。右厢房背后的竹林边搭建了耕牛和猪儿的圈棚，如果听见猪在圈里高声“哼、哼、哼”叫唤，我就会看见，阿婆提着猪食桶身影闪出厨房的后门，去后院喂猪去了。牛“昂……昂……”叫唤时，阿公就会去后院，打开后院那道门，从水井边的那条小路，顺着溪水，牵着两头耕牛去沟边饮水、田边吃草去了。

果树的树荫下，那些鸡有游戏和吃虫食的地盘，走廊尽头，两只旧米箩是鸡下蛋的窝，鸡群按照安排，自由自在啄食，不惹猪不惹鸭也不惹鹅，高兴了最多飞到橘树丫上，用小眼睛瞧瞧泥墙外面的世界。一群鸭子，十几只大白鹅自由自在地在池塘里游玩，池水清澈见底，池塘里有小鱼小虫，池塘边有个大木盆，木盆里盛着菜叶和玉米粉。正午，鸭和鹅游累了，上岸来吃几口食，然后，把头和脖子蜷缩在翅膀下，一个下午待在池塘岸上打瞌睡，好像有的小呼噜声飘到了树丫上挂着了，有的又钻进花朵里躲起来不见了。不知道什么时候它们已经将蛋下在了水草里，我和哥哥每天的任务，还要在池塘里捡鹅蛋鸭蛋，像侦探一样找蛋，每找到一个，我和哥哥就像一阵风一样冲到阿婆面前，把蛋放在她手心，阿婆就顺手将那些蛋放进厨房那几只盐水坛子里。很多时候，性格急还粗心的我，在奔跑冲刺时候看不清脚下东西，一个狗啃屎，把手里的鹅蛋摔出老远，膝盖也摔出血，坐在地上号啕大哭好半天，阿公还要劝我半天。记忆中阿婆脾气好得出奇，不管我和哥哥怎么调皮，怎么淘气，对我们从没有一次训斥。

总之，植物动物，在我阿公的老院子里生活着，在各自该有的环境里，晒太阳、做梦、睡觉、吃食、打呵欠，听风雨声，过着生活需要的，平静闲淡的小日子。

2

院墙外种满了竹子，主要是南竹、斑竹和金竹。两条清澈的小溪在竹林两旁静静流淌而过，偶尔有小鱼儿跳到小路旁。据舅舅说，我家竹林大约有五六亩地大。竹林是川西农人的命根子，川西人家的生活、生产与竹子密不可分。几乎所有的生活、生产用具，都来自竹子，桌椅板凳床、背篓箩筐簸箕、篾席鱼篓斗笠、蒸隔粮杆竹篱笆、瓜架豆杆瓦桴子，还有做鞋的笋壳皮、烧火用的竹叶柴、竹锅盖竹碗柜竹衣柜，全是竹子的，阿公和舅舅能编制家里所有精美的竹器。

女儿墙之间，开着一个大大的口子，一条优雅的竹林小道，连接着院子外面的田园。每天我和哥哥、表哥们直接就可以去到竹林子里玩，那竹林子很大，我们喊来小伙伴，哥哥给我们做竹子的小椅子、小桌子、小房子，用竹篱笆做个小花园，还编出小蚂蚱和小老鼠。除了吃饭，有时，我们可以在竹林里，从太阳升起玩到星星、月亮出现。

每到春季，阿公会把斑竹林里的兰草全部栽种一次，还没有等到夏天，紫色的兰花就开满一院子，引来无数的蝴蝶。于是，夏天多半的时间，我会待在兰草园里，捉飞舞的蝴蝶和蜻蜓。我玩耍的地方，也好像是阿公为我精心规划过一样。

院子前面那广阔的田地，有三十多亩，是阿公家祖祖辈辈经营着的水田和旱地，土改后给家里留存了十余亩地。靠门前留存的这些土地和大大的院落，勤劳的阿公阿婆，养活了七个儿女，还有儿女们的后代，也养活着那个院子。

院子门口有条清澈见底的小溪，绕院子旁静静流淌，鱼儿漫游在小溪里，溪岸花草芳香，溪边，栽种了几十株高大笔直的桉树，也有李树、桃树、芭蕉树。春天桃红梨白，花儿好似全部陶醉在春风中，摇摆起细细的腰肢，低声哼着浅淡色的田园牧歌。

每年舅舅会在桉树下播下一些刀豆籽，夏天刀豆的藤蔓会爬到桉树高大的顶部，很快，紫色的刀豆花就缀满树枝间，一排桉树在整个夏季，成为一个巨大的豆角墙。采摘时拿一个竹梯，爬上树摘，刀豆可以做菜，一直可以吃到秋天豆荚老黄。在沿溪流的田地边，栽上冬瓜秧、南瓜秧、黄瓜秧、丝瓜秧，到了秧苗子有半尺高时，阿公拿来细细的斑竹竿、粗大的南竹竿，给瓜们搭上各种形状的架子，于是不到两个月，各种瓜藤就会爬满竹架的每一个地方，结出的冬瓜比小孩子的身子还要大，南瓜比磨盘还要结实。这些瓜，可以当菜，当粮食，一家人从初夏吃到初冬。也摘些给邻居和路人。

舅妈、三姨、表哥、表嫂忙农田里的活，阿公负责打理院内的植物花草，管理鸡鸭鹅，栽种竹子和瓜果，还负责放牧那一老一小的耕牛。

3

老耕牛不能劳动后，阿公会继续牵着它去吃草，等老耕牛老死那天，阿公与家人会伤心得流泪，一定会找个地方将老去的耕牛体面地安葬了，然后再买一个小牛。每年过春节大年三十那天，阿公会将路过家门的乞丐请到家里，请他们吃一顿饱饱的年夜饭，久而久之传为佳话，到年三十时，很多乞丐会结伴过来，有时来家的乞丐可以安排两三桌。据母亲说，阿公一生，帮助安葬了路边死去的乞丐十二个。阿公人善，村人都叫他张先生，他活到九十岁去世。他通读四书五经，还有《增广贤文》《三字经》《女儿经》《诗经》《山海经》。

阿婆为阿公生了七个儿女，我母亲是他们最小的女儿，母亲大学毕业后分配到阿坝高原工作。阿婆却用了一生时间，在院子里操持一家人日常生活，直到九十七岁高龄去世，推磨、洗衣、做饭、铡猪草、喂猪、磨面、点豆花、做腌菜、晒粮食、卷晒席，偶尔走走邻居亲戚家，阿婆那双缠过的小脚，每天穿梭在厨房、磨坊、猪栏、猪草的铡刀旁。还记得，每当晚饭后，表哥与阿婆配合铡猪草，阿公就会坐在院坝中间看着阿婆劳动，阿婆铡完猪草，回到厨房推磨，阿公就起身回房间睡觉。

虽说我和三姨、哥哥一个厨房吃饭，但是，童年记忆中，每天早饭前我都会守在阿婆的厨房土灶前。农村土灶很高，每天我要踮起脚尖，才看得到阿婆煮在锅里的稀饭，目的不是吃稀饭，我在耐心地等着阿婆煮在锅里的一个鸡蛋或者一个咸鸭蛋，总之，阿婆每天都会给我煮一个。每次，当阿婆用勺子在米锅里搅拌打捞鸡蛋时，我的心那个激动，我用眼睛紧紧盯着阿婆手里的熟鸡蛋，她用热水清洗完蛋上的米汤，然后用围腰擦干净水滴，并不直接给我，而是放在灶台上，用慈祥的目光示意我去拿。我踮起脚尖，当抓住那个香香的鸡蛋时，那种幸福感是无以言表的。蛋多的时候，有时阿婆也会给哥哥和表哥煮一个。每日早饭阿公和舅舅都有半只咸鹅蛋，早上，当阿公走进厨房，刚在饭桌前坐好，阿婆就会将一碗稀饭和半只咸鹅蛋放在阿公面前，当然桌上还会有两三个咸菜。

秋天，苍老的阿公坐在院子中间，温暖的阳光下，双手不停地编竹器，将长衣衫撇在腰间，腰杆间、耳朵背后，还撇着很多细如针线的竹丝，地上，放着他准备好的各种粗细大小的竹条、竹竿、竹片，一丝不苟编着竹器，那态度就像妇人在绣花，认真地编织着一辈人的生活。苍老的阿婆，有一张清秀的面庞，眼里永远含着一丝微笑，小脚踏着细细的碎步，端着一个优美的竹篓，嘴里不停地“洛洛洛洛……洛洛洛洛……洛洛……”呼唤着那一群群小鸡、小鸭、小鹅吃食。我和哥哥在院坝中间跑来跑去，捡着落满一地的银杏叶。古老的青瓦房上炊烟袅袅。

瓜前李下、兰园花草、鸟语花香、林茂竹修、溪流潺潺、蓝天白云、稻谷飘香、蝴蝶飞舞、蛙跳鱼游、炊烟袅袅、鸡鸣犬吠、林竹绕院、柿橘透红、秋菊金黄，这些，是我孩提和少年时期所生活过的川西院子。从此，我生命里就注入了竹子、秋菊、兰草、蝴蝶和缀满枝头的红橘子。那时的川西，天空很蓝，白云很低，时间很慢，日子很甜。

4

今天，川西坝子彭州，那个几百年历史的老院子依然在那里，但是院子周围的竹子在十年前生病干枯了。院子门前那条溪流，因为上游曾有过一个青霉素制药厂，废水流入溪流，小溪里就不再有鱼了，后来听说制药厂搬迁北方，但是小溪里的水，依然清澈不起来，鱼儿依然没有回来。

今年秋天，又回阿公的老院子。几年没有回去过了，进村的路还是那条路，周边的田地依然有人耕种。看见我们路过，田地里那几个老人抬起弓着的身子，用陌生的眼神看着我们，我们认不出他们，他们也认不出我们。好像阿公和家里十几代人曾经精心耕种过的那些土地，也认不出我们了，与我们陌生起来，也学着劳作的人们，不再搭理我们。阿公家的老院子里，只剩下表哥了，表哥的三个孩子，大学毕业后，去不同的城市生活去了。前几年，五十多岁的表嫂生肺病去世了，表哥和新娶的表嫂，随儿子儿媳搬进城里去了，这院子便租借给了别人家，土地一并送给别人种了。

记得过去，每次我们回村，田里劳作的老亲们，会热情地招呼一下：“杨老四回来了呀？”弟弟就高声地回答：“叔叔婶婶，我们回来看看。”那时旁边地坎上，就又会有人问：“那是筠吗？筠回来了呀？好多年不见了，样子差点认不出来了。”“是是是。”我连忙高声回答。筠，是村里老亲对我名字的简称。

今年秋天，与弟弟、表哥再回村子，准备去看看弟弟他们栽种的牡丹树。过了村口，回家的路要经过张表叔的院墙边，他家围墙几乎要垮塌了，那墙，只剩低矮的墙根，几段残缺的墙根好像是无奈地匍匐在地上，白色垃圾袋从竹林里垃圾堆飘飞到墙根上，看着那起起落落的塑料垃圾，我心突生出无限的悲凉来。多么思念，当年阿公的竹林和院墙，还有种满果树的院子。院墙里美丽的秋菊和兰花草。

正在回忆中，表哥给我说，据传这里的土地要被征用，农人都在等着征地，没有心思维护那些泥墙了。听到这些，我的心情变得特别沉重和忧伤。记得有人说过，人的生活要树立恒心，生活才会有模样。有了恒产有了恒心，我想，那么有人的村庄就会祖祖辈辈优雅而安静。

阿公的老院子里，租房的人家走了，一只大黄狗守院子，它没有吼我们，看了我们两眼，用寂寞的表情，继续舔舐表哥前两天添加在面盆的剩饭。

现在，阿公的老院子周围没有了竹子，那些贵重的树木也被砍伐得稀稀拉拉了。院子里那几株美丽的老橘子树和柚子树，也只剩几节树桩了，表哥说树老了，生虫了，把它们锯掉了，我看看周围，那些新树很多也被锯掉了。

站在院子里，我惊喜地发现，在锯掉树干的橘子树桩上，居然长出了几苗新芽，只是，新芽卷缩着身体躲在了秋风中，露出一副没精打采的模样。

院子前，现在，弟弟他们栽种了几十株牡丹树，这些牡丹树，是弟弟他们从各地收集回来的孤本牡丹。看见这些每一株都有故事的牡丹树，感觉这院子有了守护神一样，顿时，感觉自己的眼睛湿润，对弟弟和这些牡丹，生出万般的感念。

每次离开，总会转身望几眼那树林里的老院子，思绪万千。我想，这个家，三百年前它在湖广地区，该是什么模样，又想起阿公老院子秋天的清晨，炊烟的傍晚，那红橘子树曾经缀满青砖瓦房，弯弯的模样。想着眼前，残缺的橘子树桩上，那几株幼芽儿卷缩的模样。心里像有什么东西放不下，也拿不走，我想，那一定是我对它曾经的美丽，深深的眷念吧。

这时，一首歌从耳际飘过：南山南、北秋悲、南山有谷堆，南风喃、北海北、北海有墓碑。如果天黑之前来得及，我要忘了你的眼睛……我愿意做一个对自己说谎的哑巴，不再说你任何被人称道的美丽。

送母亲回故乡

母亲侄孙女小双用一句“生如夏花之绚丽，死如秋叶之静美”来形容我母亲，很恰当，也很贴切。母亲是我人生的航标，已是我难以企及的高度，坚强而柔情的母亲是我心中那块无瑕的碧玉。

母亲于2008年6月29日因病医治无效于彭州医院去世，母亲去世离汶川“5·12”地震仅四十多天时间。我母亲一生严于律己，可以说，我基本没有听到她为自己对家人提出一次什么要求，就是生病期间都很少有要求。“没有什么，我的病没有什么大不了的，你们放心，我会好起来的。”肿瘤的折磨让她身心那么痛苦，我们家人没有看见她落一次泪。也许母亲想为家人挥去癌症病魔的阴影吧，得病四年她没有抱怨一次呻吟一声。临终前她给儿女们提出的唯一要求就是：“要照顾好76岁高龄的爸爸，照顾好失业又不怎么成行的你们哥，去世后安葬在爸爸的老家茂县土门。我的女儿你要少喝酒最好不喝，你要多支持弟弟一家，你姐那样生活可以了。”这是坚强一生的母亲在生命垂危时给子女们提出最柔情的唯一一点要求。

母亲去世时与父亲结婚刚好五十年，五十年的婚姻，五十年的相濡以沫，五十年的风雨历程。母亲是彭州人，与我父亲在阿坝高原认识结婚，当时她是一个学财务的大专生，服从国家统一分配来到阿坝支援少数民族地区建设。她的一生是奉献和勤俭的一生，她的一生是坚强而柔情的一生，记得母亲的追悼会上阿坝干休所的所有老同志都来了，对母亲的评价是“一生没在背地里说过别人一句坏话，工作和为人是值得大家学习的榜样……”，其实我一直想写写母亲，可是一直怕自己的粗管笔会把母亲的心伤及，会把母亲的脸伤及……想写写母亲成了我的心结。

母亲身材单薄而弱小，样子很端庄清纯，给人的感觉总那么的不堪一击，她从不会在我们面前夸耀自己有什么得意的地方。四姨给我说：你母亲十八岁大学毕业去了阿坝，在彭州中学读书时班里她的成绩总是排第一，是彭州学校女子篮球队队长，母亲在家排行老幺（母亲七兄妹她是老七），尊老爱幼懂事，家里人重话都没有说过她一次。母亲那么单薄的人儿怎么会有那样的爆发力和倔强性格呢？四姨今年也八十岁了，她头脑和思维仍然敏捷，那些话是她对自己心爱妹妹朴实的描述和欣赏。

小时候，我们全家在阿坝，那时母亲做商业局和供销社的总会计，每日的那摊子财务账总是让她忙到深夜，做局长的爸爸会与她做通宵的账，母亲做账是阿坝数一数二的行家里手。为此审计局成立母亲就成了总会计的第一人选。

谁家有纠纷，谁家有难题，母亲都可以处理得很妥帖，在阿坝母亲有个外号叫“张参谋长”。我从来没有在家里听见她与父亲说过、抱怨过左邻右舍或单位或同事一句是非，往往都是表扬和赞美他人的优点和长处，在多少年后，我同学给我说起左邻右舍一些是是非非的故事时，我居然像听新闻一样。母亲希望我们兄妹的那片思想天空纯洁无瑕。

侄女小双和侄子大双是我舅的双胞胎孙，在我母亲和父亲退休时刚好在彭州读高中，母亲便担起了照顾双胞胎的饮食。“每天放学，回到干休所，七姑婆和姑爷爷的饭都做好了，热气腾腾地摆在桌子上，三年时间没有间断过一顿，每天一只鸡蛋一碗牛奶，这是一种怎么惊人而博爱之心哦，感动天地。”小双曾在成都母亲病榻前给我说道。双胞胎小兄妹没有辜负大家的爱心，双双考取了大学，现在他们事业家庭双丰收。他们做人和做事的品行深得母亲的教益。

由于父母都在阿坝高原工作，艰苦的条件和紧张特殊的工作环境，母亲没法自己带大孩子，于是除我的小弟弟外，我和我哥我姐都是寄养的。“母亲生下你二十天就得赶回单位工作，请奶妈将你喂到两岁。母亲和父亲的工资基本上变成你们的奶粉和工钱，爷爷、奶奶、阿婆、阿公他们也还得管，每次单位配的糖果母亲舍不得吃一颗，全都带给你们……”父亲今天说起这些，表情里有种说不出的忧伤和内疚。

母亲的三姐为照顾阿婆阿公一生未嫁，我们四兄妹基本都是她带大的，自小离家的母亲一直希望报答三姨。八十岁的三姨年老时多病，那年又把大腿骨摔骨折了，高工资退休的母亲没有请外人照顾，六十五六岁的她毅然决定亲自到乡下伺候三姨的一日三餐和每晚的大小便，其间比三姨体重要轻一半的母亲把腰椎摔坏了，她依然打起钢腰带，几年无怨无悔地照顾，直到三姨去世。三年的钢腰带带给母亲的不仅是骨折的痛，结果还带来了结肠长期压迫后的肿瘤病。

母亲，于家人、于工作、于子女、于他人、于做人总是做得尽美而博爱。对父亲，母亲一生无怨无悔，死后一定要求安葬在父亲的出生地。我想，茂县土门老家是圣洁母亲心灵的故乡。是她对真爱一生的丈夫的一种感情归依，是一个坚强外貌下柔情女子为自己坚贞爱情故事寻找的一个存放地。

土门老家

清明，又回土门阳木鱼老家，回家祭祖，为母亲扫墓，也为见见久别的父老兄弟们。

回家的感觉万般地急切，下班后立即从马尔康出发，与老公和孩子在汶川汇合，回土门老家已是深夜。快七十岁的大孃孃怕我们迷路，一个人打着手电到山下来接我们。看见她那一身蓝色羌服和黑色的大头帕，仿佛，我又看见当年奶奶在离家很远很远的场口外来接我回家的场景，回家的温馨马上涌上心头。

还没到大孃家门口，羌山火塘老腊肉特有的香气已经飘到了我的鼻子里，让人口水溢出。看见提前回老家的弟弟姐姐和表弟妹们一大帮人都在屋檐的灯下迎接我们，这场面让我这个常年在外奔忙的野人（野人是过去奶奶说我的）很快模糊了双眼，回家的感觉真好，真实而温暖。

脚刚迈进堂屋，大孃的媳妇已经将堂屋里大大的圆桌摆满了热气腾腾的羌家老菜肴，姐姐说：“大孃孃今天早晨五点多就起来了，给你推的石磨豆花还给你做了爱吃的豆腐。”弟弟说：“姐，我们大家都饿了，你们也饿了，开始吃饭吧。”这才知道，一大家十几个人等着我吃饭，直到深夜，不知怎么鼻子就酸了，眼睛也红了，回家的感觉就是这么好。

没有更多的表白，只有拿起筷子将每样菜细细地品尝，那种滋味很绵软也分外香甜，我端起酒杯敬了大孃和兄弟姊妹们，家乡的烈酒六十多度，辣辣的但是很过瘾，回家就应该有醉醉的记忆。夜也深了，周围寨子里人家的灯已经开始熄灭了。但是兄弟姊妹却异常激动，儿子是第一次回老家，感觉一切很新奇，在屋子里外窜来窜去，满脸的愉快和惬意。

第二天，与兄弟姊妹和孩子们回外祖父的老家阳木鱼、间坪老山上，我已经二十年没有到老山了，还好，山路刚修通汽车可以直接开到山顶，往年要爬一天的路程，现在只需一个多小时就到了阳木鱼，在木鱼山上吃完中午饭，便向间坪老家进发。

当年老祖宗的墓地和老房子已经被寨子本家亲戚开垦成百亩核桃园和一个大型养鸡场了，据说今年才刚开垦，藏在高山森林中的历史故事被他们基本给毁坏了。站在老家还算没有完全拆毁的残垣断壁的墙根下我愣住了，本来，这次就是专门为自己的写作找素材的，弟弟和老公知道我此次的目的。他们在那个已经被历史雨雪几乎洗去了痕迹的祖屋的地基里给我捡出一块带着“郑大火”灰痕的石板，我心里无名地生出一种失落和忧伤，看着面前这一切，当年奶奶讲述观音岭茶马古道上的故事，再次浮现在自己的脑海里。一百多年前，外祖父郑玄子家一夜可歇二三百个客人的热烈气势，不管再晚客人们都要来这里取暖，这样的故事不知道已经遗失有多久了，茶马古站已消失在历史的那一刻。

当天，在养鸡场木楼的玉米堆里继续听老家的表哥讲述茶马古道的岁月，听表妹们讲述奶奶当年的坚强，听红军在土门战役时杨家做下的那些不为人知的英雄故事。历史的脚步不可阻挡，站在祖辈们留下无数故事的历史山川中，虽有遗憾万般，但是与族人如此近距离的相处，便觉山也朗润，水也清和，今生都不会再有那么一个客栈了，但纵使年老，胸间有山，心底有水。遥想，那火塘的温暖里，体味鸟衔硕果去，风送花香来，今生依然有风邀风，有月邀月，依然幻想着能有一天在木鱼山中羌家火塘旁守住心里的那个故事，静静地读书、喝酒、看山、听水、邀月。

碉房 ／摄影：李容兵

我听见
记忆在生长

蔬菜的记忆

孩提时有关木耳和白菜的那段故事本来早已淡忘在我的记忆中了，在喜迎改革开放三十周年之际，蓦然回首才发现，其实发生在我自己身边的一些真实的蔬菜故事恰好能见证我国从计划经济、商品经济再到市场经济改革开放后社会体制成功转型取得的巨大成就和给老百姓生活带来的巨变。在人们随心所欲购买新鲜时令蔬菜的今天，年轻人也许很难相信这些故事。

记得20世纪80年代初，我还在阿坝县上初中的时候，一天下午，我与往常一样到了自己的教室。当天是数学课，班主任兼数学老师，已经等在教室的讲台上了。当时我很自然地到了自己的座位，还没有等我坐好，老师已经到了我的身边，他一脸严肃地对我说："请你背起你的书包离开教室，我们学校收不起你这样的学生，请你到教室外面去。"老师一直很喜欢我这个学生，因为我在班上数学成绩名列前茅，所有同学瞪大眼睛看着我，不知道发生什么事情了，呆若木鸡的我被老师连推带劝送出了教室，我只听见教室门很残酷地“嘭”的一声关上了。没有任何解释，对于一个十几岁的孩子，那种被抛弃的感觉占据了我全部的头脑，只记得那节数学课该讲圆弧的面积。

下课后所有的同学围住老师问究竟。原来，当天上午学校的几个老师到县商业局蔬菜门市部买蔬菜，当时买菜的队伍已经排成长龙，而且每家只供应大概五斤蔬菜，老师们又要忙着去上课，有几个老师等不及了，就从柜台上翻了进去往自己背篓里装，队伍一片混乱。在商业局负责的父亲被叫来了，结果我脾气有点“火”的父亲把老师背篓里的所有蔬菜倒回去了，背篓也被他丢出了柜台，老师们说：“你女儿还在我们学校读书哦……”父亲回答：“学校如果敢动我女儿一根头发，我找你们算账……”结果下不了台的学校，就借口不敢教我，把我推出了教室，对父亲倒菜行为进行有力的抗议，态度强硬的父亲只好将我转学，使这段蔬菜故事告了一个段落。

80年代改革开放初期是物资极度匮乏的年代，阿坝县与全国其他地区一样，蔬菜水果在当时是奇缺物资。市场不健全，物资全部是靠国家供应调配，牧区的人一年买不到几次蔬菜。当商业局局长的父亲经常买回家的蔬菜也基本上是那些脱落的碎菜叶子，在小时候，每次看见新鲜蔬菜运来我都禁不住想流口水，很多时候一棵白菜也是我们送给牧民的最好礼物。

商品经济和市场经济不发达的时代，发生在高原的蔬菜故事与我很有缘。在市场经济和商品经济发育不良的年代，我因蔬菜转了学。在计划经济年代，作为商业局局长的父亲因没有答应造反派供应两斤木耳的要求，被造反派拉去站了三天高板凳。只因为当时阿坝县商业局全年库存木耳数只有十斤，得保证地方和部队职工节假日食堂改善伙食用，一个单位配木耳全年最多不过二两，小单位还没法考虑。

到了全国市场经济已经相当发达的2001年，西部天然林停止砍伐几年，丈夫到马尔康县梭磨乡任职。乡领导的任务是带领农民发家致富，当时县乡政府首选在梭磨乡发展蔬菜，打破高原种不出蔬菜的神话。在政府担保的前提下引导农民调整产业，当年试种各类蔬菜二百多亩，可是由于农牧民参与市场竞争的意识很差，等靠要大锅饭的思想还没有从意识中去掉，为了蔬菜的种植推广，乡干部们没少挨农民的骂。菜缺水了、开花了、缺肥了、要销售了都是乡机关干部的事，当菜一种下，乡机关全体职工就成了蔬菜义务浇水员和施肥员，直到蔬菜成熟，乡领导带起一班人，自己到青海、成都、重庆等地跑销售联系买主。我记得，随着蔬菜的上市，当时担任梭磨副乡长的彭斌和车友良在成都火车站的蔬菜批发市场睡板凳不少于一个月，他们的头发因此没有少掉，直到2005年梭磨大白菜得到四川省蔬菜博览会金奖。今天梭磨乡二千多亩河坝地已经全种上蔬菜，每年签约来的和自发来的蔬菜老板已经看好梭磨蔬菜品质。就像该乡砍竹蔬菜协会的会长确部让所说："我们村今年每家蔬菜收入平均在两万元以上，木材好的时候，靠运木料发财的没有几个人，现在种植蔬菜带动的是全体村民共同富裕。就是几年前我们吃蔬菜还得靠乡村的司机到成都和外地带，现在我们自己种蔬菜来吃，想吃多少就吃多少，本地不产的蔬菜，农民腰包里有的是钱，自己去市场随意购买得到。"

改革开放三十年后的今天，各种蔬菜已经琳琅满目地摆满了阿坝高原的一个个菜市场，人们想吃什么就挑选什么，东南西北蔬菜荟萃于全国的大小城市集镇。可是现在那些买到家里的蔬菜碎掉的叶子，仍然是我十分珍惜的，但菜窖里那些多次生根发芽的本地黄萝卜、白萝卜却不可能再是送亲访友的稀有礼物了。

记忆里的故乡

爷爷奶奶去世后，爸爸要求我们统一回土门的命令没有了，老家的样子在我的记忆里既模糊又清晰。我记不得她的房外环境的具体面貌，记不得她的木楼到底有多高，记不得上坡那段路离老街有多远，记不得要踏过老街多少青石板的阶梯才能走到街尾上的家。但是我记得那百年火塘上挂着的那口终年冒着热气的砂锅和铜壶，还记得伯伯弓腰上山背柴火的勤劳模样，还记得街道对面那家的药铺子，记得三元桥上红军留下的那些标语，记得山上那些大大的核桃树和枇杷树……

记忆中的故乡一直在我的车速中调整变化着模样，一出茂县县城，上了那土地岭山，这山不高，但是它每到冬季就会积满大雪，很多时候还会出现雪封山没法行车的情况。还好我们这次没有遇见太大的雪和冰，一路翻过那岭，岭上那路是碎石路，路况不是那么好，想象中地震后的山是松垮的，路是凌乱的，房子是倒了的，可是一路明显没有汶川旋口那地貌变化和倒塌的惨景，茂县县城还是那么靓丽，只是少了往日的人气。沿路看下去，乡下的土木楼没有我想象的那样被地震夷为平地，虽说榫卯的木建筑看起来单调，很多墙面也被地震摇倒，但是主体没有倒，伤亡人数就不会像水泥楼那么惨。

十二月底的天气很冷了，沿路的村村寨寨建设家园的人气却很旺，拉沙、拉木料、改锯、上房梁、备砖备瓦的场面不断地随车翻动画面，翻完山回土门的柏油道路灾后恢复得宽敞而整洁，于是心变得快活了许多。路两旁的一切告诉我家乡变化的点点滴滴，山坡上特色浓郁的羌寨在暮色朦胧中炊烟袅袅，一根根羌红飘舞在灾后重建的新房的梁上，那些房子一定能赶得上过新年时上瓦。仿佛闻到了羌寨里火塘上砂锅里的老腊肉飘香，诱惑我回老家的心变得急迫起来。

当天回家已经是近傍晚了，老家的房子比我想象的矮小了一些，陈旧了很多，我伯伯说地震时房子的瓦都摔掉了，墙全部倒塌了。由于伯伯的三个子女都在外忙生计，老家的房子要在春节后动工维修，现在伯伯一个人守着老家，房子由于没有了墙和后门变得很冷很冷。

晚上，伯伯点燃火塘，让我找回了一丝家的温暖，据说火塘里的燃煤是山西援建的，用于茂县老百姓冬季御寒越冬。伯伯与我、我的朋友一直说话到深夜，伯伯说地震时他在汶川，他与自己的孙子是在震后四天步行几十公里回家的……政府送了粮油、被子，家里的东西吃的用的基本都震坏了，现在他们已经拿到6000元的住房启动资金，政府要求他们尽快建设家园，建设好房子伯伯会守在这家里哪里都不会去……

那夜，我在想，一个人如果失去了温暖的家，没有了避风的港湾，那么生活和未来就会失去方向，所以灾后农房的重建是重中之重，政府的决心和决策是很得民心的，同时我也看见了乡亲们在建设中干劲冲天。第二天天一亮我们和伯伯就去那山上看地形……

伯伯带着我，我朋友也陪着我一起上山看地形。地震后那座有一百多年历史的三元桥居然巍然不动挺立在那里，桥上只是表面补上去的水泥砌缝的桥梯有点松动，整体还完好无损。上山的路全在山梁上，那些岩石的路基被地震拉出了很多裂缝，有的让道路变得窄而险了。在伯伯那片退耕还林的春芽树林中确定下一个风景优雅而稳定的地盘，汇报给父亲，就这么定下了。日子和具体位置还是按照美人的规矩请端公算好的。

2009年，土门老家的房子已全部维修好了，修好的家让我们找到了回家的那份温馨。清明节前我们将母亲安葬到了夏之盖那山上。

土门的山仍然那么美丽，水仍然那么清纯，安葬母亲时那山里的桃花开得绚丽而精彩，山上的樱桃树已经结果。静静的母亲守候在那片春天的树林里期待秋天的时刻，母亲将永恒地坚守在那里，听羌笛悠悠、听岷江潺潺、听山风细雨、听白凤朝歌。现在春夏秋冬和女儿的思念陪伴着母亲，日后父亲将与我母亲合葬在那里。弟弟和我在那里栽下了几棵柏树，那天阳光很好，离开时我将泪花化作内心那份无限的依恋和祈祷，一同送给母亲，愿母亲安息！

梦在多孔的羌笛里

昨夜，我梦见一只多孔的羌笛，在故乡的山顶吹响。于是我梦想的思绪被唤醒，多孔的羌笛，经由它希望和收获的洞隙，回忆这夜曼妙的梦境。

昨夜的梦里，我梦见你坐在故乡那块肥美土地的边缘歇息，吹奏一只多孔的羌笛，阳光洒在你的背上映出长长的身影，我用眼睛看着你，还有那块土地，那块肥美的黑土地。我闻着耕牛和铁犁翻开的泥味，你刚翻耕的黑土地还冒着泥土温润的芳香味。一窝窝土豆像可爱的小玉兔，躺在刚翻耕的泥土里，我弯腰去拾那一只只小土豆。在梦里，土地仿佛还在不断延伸着它的边缘，我怎么也拾不完那些土豆。于是我抬起头看看坡上，看看你，看见了一片秋天的玉米地，玉米的叶子金黄，梦里的季节已是秋季。

这时，早晨的阳光斜过树梢，洒在这南山的坡上，洒在你和我的身上。

这么多的玉米和土豆，让我梦里也学会了思考。于是，我在围兜上擦干净双手上的泥土，我走到你的身旁，与你商量。我说：假如咱们今年学着开始用这些玉米和土豆养一只猪崽如何？

你说，好呀，其实也可以养两头猪吧，再养一头牛。你说你没有种地经验，还是想出一些文学集，看看能赚得到几个钱，要用赚来的钱为咱再养一圈栏的羊儿呢。我说，还要给咱盖一间有火塘的小木房。你在那里坐着，对我微笑点头。

我说，那我们开始先给猪崽搭一个棚圈吧。你说，吃了午饭就开始干。

于是，梦里，我们说好，以后的生活别再奢侈浪费，我们不再打算过几百元吃一顿火锅的日子。我们自己种花椒、种辣椒、种土豆、种黄豆、种白菜，熬制火锅，做一个今天的农民，没有任何赋税，咱不需要更多地考虑，我们只需认真种地，认真生活，日出而作，日落而息。

还有，我要在那老祖先羌家千年火塘的房基旁，开一间我的小客栈，客栈里一定要有个温暖的火塘，让火塘的风儿，吹干从山里捡回来挂在房梁上的山菌，也吹干溪水中捕来的野鱼。不为经营只为等待，等着我们那几个偶尔会来的老友，听听他（她）们朗诵新作的诗行，还会有人哼一首刚用新诗改写好的歌谣，每次玉米酒喝醉了也不会忘记赞美用诗唱成的歌谣。

今后的日子，我会与村里的妇人，背着你种的蔬菜、山豆、玉米和花椒，我养的小鸡和羊儿去山下换回生活的必需品，我们商量好一日三餐就粗茶淡饭。

我会把我的小说和散文在这里继续写下去。让美妙的诗行穿梭在这四季的田野里，等有钱了，让诗行住进高山那一片八月的麦地里。

我说，那两头猪，来年咱们卖掉一头吧，也在羌历年的十月初一用自酿的那几坛玉米酒请村人喝一天的酒，该进行的生活还是得进行吧。你说，你说了算，多余的猪羊就放在南山坡吧。

我们商量，在房前开一池荷塘，房后开一片茶园，房右开一块兰花园，房左开一条小路，小路通向森林和古老三元桥外面的街市。

你会用兰花为我编织一个花环，戴在我的长发上。你说我喜欢喝茶，我们就学着种茶，偶尔也去买一点白茶，一些红茶，一坨普洱茶，还有我爱喝的铁观音茶。你说每日清晨在池塘边和森林边散步时，让我都会看见路上芳草的鲜嫩，每挪动一次脚都有鲜花甘愿来问候，你说还要在那几棵高大的石榴树下，牵着我荡起月亮下的秋千，让皎洁的月色穿梭在叶与果的缝隙中间，你喜欢看月光轻吻我一袭素雅的长裙。

你说，闲暇之余，你会陪着我早晨南山采薇，傍晚东山采菊。还要在高山的湖泊边为我种一片沙棘林，让今日的种子结在千年后的果子里。那时，我们一定有一个千年的家园和一片八月的麦田。

我的梦想如多孔的羌笛，经由它希望和收获的洞隙，奏出多彩和曼妙的旋律，我的梦想盛开在生命的花园里。我醒时，土豆、玉米以及森林和火塘正在祈祷，为森林里绽放的花朵，为泥土的芬芳和火塘旁那几句诗行。

昨夜，我的灵魂迷失在一只多孔羌笛的心叶里。

烧土豆

今年秋天，马尔康市文联和摄影协会“‘平安杯’——金秋·圣地马尔康”摄影大赛邀请采风活动，前来采风的除省和成渝地区摄协的二十多位老师外，人群里还有我一个儿时伙伴何力。

何力的摄影技术和艺术境界已经堪称土专家了，儿时我们是最好的一对玩伴，后来因为父母望女成龙把我转到其他学校，失去联系三十多年。在两个月前，一次偶然的机会我们遇见了，彼此见面追忆了过去许多的往事，说得最开心最美好的居然是我俩一起趴在阿坝县城关一小学校草坪上逮蚂蚁的事情，故友重逢，那么温馨的感觉和语言。她给我看了她手机上的照片，她说她爱上摄影已经很多年了，只看了几张就把我的心打动了，这次摄影大赛采风活动也是我特意邀请她过来的，我认为她一定能把握住马尔康山水和人文的精华。

在采访活动的几天里，我们一起在马尔康藏寨子里拍人文、拍风景、摘苹果、吃酸汤、喝马茶、拔萝卜、吃干玉米、还忍不住偷偷地摘了几朵成熟的向日葵，她总是说：“很久没有这般开心好玩了，我们好像还是孩儿时。”她也给我随意留下一些照片，也算是我随意摘水果的证据吧。她回去后，把所照的图片给我发了过来，其中那组我在灶前掏土豆的照片让我很欢喜，也很惊喜。

图片记录我掏土豆的全过程，在马尔康梭磨乡砍竹村长葛木吉家里我给穆斯林的老师和记者烧土豆。其实，这么多年我带记者每次去乡下采访都会受到乡亲们和村干部们的热烈欢迎，总是免费给我们烧茶、煮土豆，这次又麻烦砍竹村长葛木吉。今天一样，村长给我们摄影队的二十多个人煮了两大锅腊肉面块，当然他也坚决不收我一分钱。

在多年的陪记者采访活动中，我总是会注意这些细节，有生活不方便的穆斯林朋友在一起采访采风时，我会给他们搞一点烧馍馍或者烧土豆什么的。那天烧土豆的灶在后面的牛棚子里，我去灶里掏土豆。不知什么时候何力居然跟了来，她拍下了我掏土豆的图片。回去后，她将拍我的图片全部发过来了，她说那一组照片里我咬了一口又递给她的那张最好，她说那神态“与儿时一模一样，还是那么憨憨的可爱”。听见了这句话，心里有一股暖流遍布全身，岁月只是让我们的年龄增加了许多，虽然皱纹开始成为了脸部的主要线条，但是我还是我，她依然还是她……因为这组照片我写下一些过往，写下热情的梭磨河谷的村长和老乡们，写下摄影时喜欢坐在地上，一身灰泥的何力，写下喜欢读我文章的何力。

今晚回家的路上我遇见了诗人远星，给她笑谈了我掏土豆的系列图片，她看了我手机上那组图片，她居然用很向往的神态对我说：“你们还是儿时的你们。我那个儿时最好的伙伴今年还是见面了，但是她已经属于金钱了……”她用诗人般惋惜的情绪感叹说她自己不再拥有的好伙伴。她说，她想给我和我依然拥有的好伙伴写首小诗，我突然就来了情绪要求她赶快写，明天就交卷，虽然我不会写诗，但是我还是喜欢读诗。回家坐在电脑前记录了今天的心情，因为我看见了那组图片里好伙伴对我的关注与爱抚的心绪，我一样也是那种心情，其实能为这种感情抒写一首诗真是一件美好的事情。

诗人远星很快将为我和好伙伴创作的诗送给了我，我喜欢这小诗，第一次有人用文字体为我写诗，很骄傲。

时光之影

还有什么情景能与此重叠
是否时间并没有走远
你回眸一笑
多了几许妩媚
却依然珍藏着一颗
纯稚的童心
烤土豆
多么惊人的相似
满怀欣喜的等待
而总是不会忘记把最先烤熟的
一颗
让伙伴分享
也许这就是心有灵犀
韶光易逝
我依然能够在光影里
捕捉到你心灵中最美的那一瞬

在马尔康脚木足村的山坡上，选好了一个藏式碉房为拍摄机位，房子的主人不在家，喊了半天也没人应声。好了，我就自己动手找钥匙，找见了，于是开锁上楼拍照，调整好机位、光影、构图，完了就舍不得楼上那一袋袋的金色玉米，捡到嘴里当爆米花吃得很开心，不禁赞叹：“香，真的香。”主人院子里那堆喂牛的萝卜也成了最好吃的水果，洗干净就开咬，萝卜汁居然那么甜。

在脚木足石江嘴村，主人让我们自己去园子摘树上的苹果，想吃多少摘多少，欢声笑语吸引了村子里的人，大家都过来看热闹。在邓家村地里干活的藏族老阿妈，喊我们摘梨子，由于树太高，老阿妈干脆参与进来摘梨子，“自己的树，想吃多少你们自己摘，今年冰雹把梨子打坏了许多，你们摘吧，很甜。”她用手里的钉耙帮我们钩下一堆梨子，虽然那梨子很多是冰雹打出了许多的斑点，阿妈把它们打在地上摔坏了很多，但是阿妈的真情，加上梨子地道的纯甜味，我们感觉秋天的果树挂满的是歌谣。何力给我们拍下摘果子的神态。

在克莎民居下，我们追逐着一个背着大背篓的藏族阿妈，我学着何力找机位，调光圈，空背篓大过阿妈身体两三倍，我想那过于大型的背篓一定是用来背草的，很有特色。我们给阿妈照特写，阿妈柔弱但坚强，很美，她害羞躲进了碉房里，我们依然不放弃追随，来到阿妈的院子里，阿妈让我们自己去拍照，结果院子里的洋萝卜又让我们动心了。

一起回忆过去，我们在阿科河流经的草原上，两个扎着马尾辫的小姑娘，齐心协力地从自己家的菜园子里拔出比她们头还大的洋萝卜，在清清的河水里洗去泥土，找来一个尖尖的石头当水果刀，剖开那萝卜，躺在青青的草地上，啃起了大萝卜，甜甜的萝卜汁沾满了头发丝，她们吃得那样开心，童年里那些歌谣就在那时有了调子。

听玉米生长的声音

我一直向往一个地方，在新疆伊犁喀班巴依的雪峰下有个恰布其海，也叫恰海，恰海边，有一个美丽花园，花园里种满了太阳花、玫瑰、向日葵等各色花种。花园的主人在忙完每日的农活后，就回到恰海边的花园里，在黄昏来临时，一个人静静地坐在园子的石阶上，望着那轮壮美的夕阳慢慢地落向大漠那边。

这是花园的主人在某次电话中给我叙述的。

花园外恰海微微荡漾的波涛一遍一遍轻柔地抚着海岸，他一个人对着海岸坐着，往往，这样静静的直到月亮升上东山顶，他才起身在温柔的夜风中归去。

他说，在那样的夜里，心里想念最多的就是远在千里之外的故乡。在这样的大多数夜里，他都是在劳作后如此一个人坐着，看日落，看星星月亮，也回看很多往事。

虽然园子守门的哈斯拉拉会每日都来邀请他去喝新打的奶

茶，但是一个人静静的也会感觉有点孤独。还好，每年放暑假的时候，老婆和在外上小学的儿子都会过来和他聚一聚，当然过来的还有孩子的外婆和爷爷。

花园里的房子足够给八户人住宿，所以他的朋友来了，都能在这里免费地吃住。

我来这个花园时，是八月初的一个深夜，因为一整天的行程，抵达这里已经很晚了，所以对这里的最初印象就是旅途后余下的疲惫和对未知目的地的新奇想象。翌日清晨，我抱着还未驱尽的疲惫起了一个大早，来到走廊上，我好奇地看着窗外的花园，并惊奇于听见的海浪拍岸声。

我被这花园的宁静和园外的蔚蓝色海水迷住了，花园里向日葵正在晨曦里盛开得金黄一片，还有玫瑰和七色太阳花也各自生长盛开。

这是第一眼，太静美了！

当天早上，我认为自己看见了有生以来最大的一片向日葵，后来的几天时间，在花园兄弟的带领下还见识了北疆伊犁土地上种植的成千上万亩的向日葵、玉米、高粱、小麦、油菜和紫苏的壮美。

我被身边的花园和远方海浪的声音迷住了，不知什么时候，兄弟已经来到我的身旁，他也起了一个大早。

他说，姐姐这花园漂亮吗？

我很肯定地说，漂亮极了，真美呀，你自己种的这些吗？

他说，是我与堂姐种的。不过那些玫瑰花是我专门为我老婆种的。

有多少？我问。

二十多亩吧，他说。

我在这绛红色的二十多亩的惊讶中被感动。我说你可真浪漫。

他说：“五月底一场暴雨和大风差点把这花园毁了，当时全部的花苗都倒在泥泞里，我姐姐都想放弃这些花了。后来，我们坚持着一株一株地给它们搭了支架，于是有了如今的样子。”说着，他微微地笑了起来。

我看着这鲜艳的上千株太阳花和玫瑰花，看着眼前这个三十几岁的结拜弟弟，顿时眼睛湿润了。我悄悄查看了一下花叶下的茎秆，是的，每一株茎秆下都绑着一些白色的带子和一些树丫支架，虽然季节的花叶已经掩盖了那些支架。

在这园子里，仿佛那些美丽的花朵是因为有了爱情才如此芳香。

在这里，看花，看海，弟弟还带我去几百公里外的赛里木湖玩水。后来去了古老的那达慕蒙古族人赛马场。在这片土地上，与朋友一起在越野车上以260km/h的速度放逐自己。最后还去了美丽的那拉提大草原看草，去了以哈萨克族民族英雄喀班巴依命名的雪峰，还有霍尔果斯大口岸。

我们一起翻越天山南北上千公里的路，为的是去看我梦里的吐鲁番葡萄，去看王蒙《这边风景》书中的石河子和王洛宾歌曲里所描述的达阪城、阿拉尔罕、奎屯和乌鲁木齐。

在伊犁昭苏的天马场，我看见了神话里描述的俊美无比的汗血宝马、伊犁马、英纯雪马，经弟弟详细地介绍，我知道了细君公主的故事。从这些骏马和古代公主的故事里，我知道了伊犁在历史上曾是乌孙国故地，西汉武帝时乌孙占据了伊犁河流域及其以西的地域，发展成为西域的一支重要政治力量，公元前105年，乌孙王遣使到长安送汉武帝“天马”千匹，要求和亲结盟。汉武帝以江都王刘建之女细君为公主，远嫁乌孙王猎骄靡，被封为右夫人。继乌孙之后，哈萨克族人、厄鲁特蒙古人、突厥人、回鹘人在这方土地上相继登上历史舞台，他们和汉人、满人一起为开拓边疆、保卫边疆做出了杰出贡献。

今天，我看见昭苏的天马们依然那么俊美，那历史中被送往长安的千匹天马，我却不知道如今被牧放在哪片草原了。

走过这片土地，有很多故事都已尘埃落定，我需要的就是要安静地将这些所见所闻留在我生命的底片上。后来，在一个有月光和星星的夜晚，弟弟专门抽出时间，陪我去听他那几千亩玉米生长时发出的声音。他说最美的声音是在月亮和星星升起的凌晨。“噼啪、噼啪、噼噼啪啪、噼噼啪啪……”这是玉米生长的声音，让人激动，让人安静。自此，我开始更加地亲近土地和粮食。弟弟说，他常常会躺在大地中间享受这种唯美的音乐，这声音能带给他无比的喜悦和力量，这声音让他不再感觉孤独和畏惧，他在这样的日子里期待着秋天的玉米金黄。

离开恰海时，他不舍地说：“姐姐，你喜欢这里的花园，希望以后有空就到这里来，我陪你静静地看花园里最美的夕阳，咱们也一起看海、看花、喝粮食酿制的酒、喝吐鲁番的葡萄酒，在月亮下聊友谊、谈故乡，也想想地里的庄稼和山坡上的牛羊。”

我喜欢一个人静静看夕阳如幕、看星星闪耀，更喜欢那些玉米在月光下生长的声音。我认为，一个深爱着脚下这片土地的人，一定也会得到这片土地最丰厚的馈赠。一个能把生活和友情看成诗般美好的人，他肯定是用五谷为大地写诗的人，是用玫瑰为爱人作画的人，是一个将生活细水长流的人。

雨湿了心念

昨夜，马尔康的第一场秋雨还真不小，清晨一早，我的睡意就被初秋这场雨带来的清凉掠去了，加之还有一只不知名的鸟儿早早地飞到我书房窗外，它的叫声“叽叽咕咕吱吱”的清脆，在雨滴声中叫个不停，还真是动听。它吸引了我全部的注意力，它那么用情，仿佛知道我在用心听它唱歌呢。

那好听的鸟鸣和着不远处山上“滴滴答答”的雨滴声，还有山上寺庙的“叮铃叮铃”风铃声，弄得我睡意全无，于是我决定起床爬山听鸟鸣和风铃声去。

最近，自己被烦扰着的心情也需要清静一下。于是，山林清凉的空气、鸟儿的歌声，还有马尔康寺的那串串的风铃声，今日清晨在我心里突长出一种无法抗拒的诱惑，于是迅速起床，很快就带着小狗米粒出发了。

去后山的路，是一段几百阶的木梯，因为很早，上山的人也没有多少，木梯上就我和小狗米粒。小狗米粒在前面跑跑停停，地上雨水打湿了小狗的毛发，但一点都没影响它的情绪，它在前面欢快地跑着，像个懂事的少年。它老怕我跟不上它，它跑一段路又折回来找我，我想，它在用那双含情脉脉的眼睛告诉我，它的欢喜。

昨夜那场雨，将这上山的木梯淋得很湿，行走在上面，仿佛思维也被打湿了，那些润在心的事也被染湿了。

有一点遗憾的是，一路上虽有无数的鸟儿在鸣叫，但是我发现，它们都没早晨在我窗外的那只鸟儿声音动听。我想也许是林子鸟儿声过于喧嚣了吧，喧嚣会促使鸟儿们争抢着鸣唱，于是它们自己独有的特色没有想明白急急地就表达出来了，没有了静思的东西便没有了自己独有的魅力，更没了独奏时那么用情用心的旋律了，一片叽叽喳喳的嘈杂声盖过了雨滴声。

湿湿的木梯，让人万分地喜爱，一路拾阶而上，衣裙被空气润湿了，湿润润，仿佛是周边万物对我一种贴切的表达。

马尔康寺檐角风铃在晨风里摇曳，风铃身披着歌谣的影子。这临风而歌的风铃，把这里所有的故事深藏于它摇摆的姿态里，吸引着我的眼和心。

忽又闻，寺庙播放器上空传来一阵仿佛轻舞，却在曼妙咏唱的女声六字真言梵音。

在这个湿润的早晨，在这个完全是男性僧团的寺庙上空飘着一阵透明而美妙的女声梵唱，让人的心突然被蜇了一下的隐隐地痛，难道我来这里是为寻这个心经吗。一下被什么激灵了还准备不完全的心，这时只能让心灵去凝固这时的感受。

这梵唱让人心变得忧思，仿佛刚才鸟儿们的喧嚣声也顿时在心里寂静无声。

在这湿湿的初秋，面前的这一切自然让我有这样一种认识，不管再怎么以男性为主的世界里，女性的美丽永远能带给这世界一种最具魔力的柔软。

我开始试着去转动身旁那几百个有着白色、蓝色、红色、绿色经文的经筒。作为一个信奉万物皆有灵的羌人，我不迷信于宗教的外表形式，但是我信仰真诚、善良、执着和爱的力量，也信仰万物皆努力的成功。知道这里的人们是借助转动经筒，反复咏唱千年佛法告诉人们那些修生的道理。

在简单又显单调的经筒“咯吱咯吱”重复转动声里，风铃“叮铃叮铃”回响声击打着我的心绪，在这声音里，在这色彩里，在这梵唱里，我心随经筒转动着那透明的、不透明的、层层叠加的、斑斓的、迷离的思绪，思绪回荡在叮铃声里，变得凝思静神，此刻只想静静祈愿自己那一切的心念。我想这些也告诉我一个简单的道理，心若不乱世界就不乱，心若美丽世界就美丽，心若不喧嚣世界就很宁静，心念在世界在。

转经的过程，那曼妙的梵音依然在反复咏唱，六字真言“嗡、嘛、呢、叭、咪、哄”穿透在风声里，它让风铃声藏到了梵唱里，让我的心念藏到经筒里。于是我便知道，转动的经筒知道我那一万遍的心念。

初秋，这场淅淅沥沥的雨，让今日的清晨，完全打湿在经幡飞扬、经筒旋转、梵音袅袅的画面里，让人久久地感受和凝视，不需要任何语言，不需要别人的解释。这画面，让我的世界变得寂静而明白，此时我想，在后来，在每次遇见经筒的地方，我会认真地去听听自己。

小狗米粒一直在我的步伐前后跟随，它懂了今日雨湿的清晨，它应该也懂我被雨打湿的心念。

雨中听故乡

这个夏季，马尔康的确经历了十分多雨的日子。在这个几乎完全被雨声伴随的季节中，我很愿意将自己的每个夜晚变成独处书房的时光。

在烟云香烛缭绕的书房，一人读书写作听雨。生活变得有些静静的样子，这恰是自己非常喜欢的日子。喜欢自己一个人独处的那份安静。

有人曾说："只有当一个人独处时，他才可以成为自己，谁要是不爱独处，他就是不热爱自由。"我想自己完全长着一个热爱自由的灵魂。

独处一隅听雨，记忆和思绪变得明白而悠长了，这种感觉真好，思绪已经变得湿漉漉的了，时间如此安静，内心如此自在。听雨，让我更多听见的是一种思乡的心跳了，让回忆让心情变得很惆怅。不知为什么，雨声中，自己的乡愁越来越浓了。

清楚地听得见，书房外嶂恰岭山上雨打草叶的沙沙声和山寺经楼上经幡的猎猎声。还有在雨声中躲在房檐下山鸟们分外明亮而清脆的鸣叫声。

我家书房窗外，是一座叫嶂恰岭的高山和不会挡住我看高山的树，我坐在自己家三楼的书房，看见山上的树木和山寺的经塔，听得见雨打树草的那种细细的沙沙声和马尔康寺庙经楼上经幡在雨中的猎猎响声。仿佛有点品读思乡曲的独妙感觉。

表面看来，马尔康雨声中的鸟鸣和经幡声，应该与自己内心灵魂深处的故乡不着边际，但是，我知道，自己不管身离故乡多少年，外乡的雨声却总是会强烈地唤醒自己内心，那份无时无刻不袭来的乡愁。

这雨中的鸟鸣，时远时近让我分辨不明，但我更爱听马尔康嶂恰岭山上画眉鸟的清脆叫声，还更愿意用心怀想老家茂县土门雨声里满山惊叫的山雀声。或者更愿意认为书房窗外这雨滴声，分明是想让我万分地怀念川西彭州那间有三百年历史的四合老院子，我的阿婆阿公和母亲的老家。我抑或应更加怀想，听见夜雨打芭蕉叶时巴山夜雨独有的柔软情怀，听暴风雨倾泻川西茅屋那种嚣张声势。

雨声里，我总是会回想过去老家名副其实的鱼米之乡的故事，回忆阿婆和阿公那间有三百年历史的四合院老屋，总是能清晰地回忆夏季雨打竹林的滴答声。回想院子门前那条小溪，小溪被暴雨灌满时，溪流中的小鱼虾爬上河岸乱蹦跶的年代。回想阿婆九十九岁大寿时四合院里我家直系亲戚一百多人照全家福的场景，阿公拿出家谱一一填写时的壮观美景。

母亲总对我说："那老屋旁的祖坟地里，掩埋有母亲张家祖辈十几代人，家谱里写着，我们老家与三国张飞家也有关系。"

我想念远在川西坝子彭州的老家。每年春节，我总是会回到老家去祭祖烧香，走走看看。虽然家门前那条小溪还在，过去的四合院依然，但是，近年来，院子周围被污染水浇灌的那三亩多翠绿美丽的竹林却几乎荡然无存了。我们再也看不见家门前那小溪过去的模样了，也看不到每当雨水灌满溪流，一条条小鱼和小虾蟹翻跳到岸上的情景了，溪水不再是真的溪水了，它只是上游药厂的排污管道的延伸部分了。现在看见的它，总是黏稠的，流动也是极为缓慢。我的思乡又多添了无奈和忧伤。

每次回彭州老家，我会站在那里以万般惆怅的眼光凝视老家许久。

彭州老家的孩子们出外工作了，厚德贤惠的表嫂五十岁得病去世了，孤单而善良的表哥也随着儿子搬到了城里居住。那院子就整体出租给了邻村的两户农民，竹林环绕的四合院周围，不再有翠竹掩映了，现在环绕在院子周围的是其他一些树木了。表哥他们以三百元象征性收费，将那个有三百多年历史的四合院租给外人已经有好几年了，在我看来，也就是请人帮助守护我们的那个老家。每次离开那里，我是伤感的，也更增加了愁绪。

还好，去年弟弟他们，去很远的西北方运回几十株大牡丹，栽种在那四合院子外的土地上，请人用井水浇灌那些花儿，我真希望那些花儿在那里开得温香柔情、姹紫嫣红。

不知道哪一天，我老家四合院门口那条溪水的水质才能变回它原来的清澈，我怀念那条溪流在雨季被灌满水时，鱼儿都爬上溪岸，水退去后雨水塘里那些胡乱蹦跳的鱼儿。

思念，那条即使当年不下雨，也会有很多鱼儿、河蚌与水蛇的溪流，还有岸边长满那些很大树冠的李子树，树干上爬满刀豆角的巨大桉树。

那间四合院，是我从出生到幼年整整生活了六年的地方，那里有我真正放不下的温暖亲情和童年的梦想。那时竹林下总有一片大大的兰花草和在夏季开满紫色的花儿，雨后总是有成群结队的紫色、白色、绿色的蝴蝶飞过来，我童年是在蝴蝶的陪伴下长大的。

究竟为什么，在雨声里、情绪里故乡的模样总是清晰可辨，六岁前的记忆依然可以浮现在我的眼前。

回忆里，仿佛还能看见哥哥在大雨天中，把我从奶妈的家里偷偷背出来，摔倒在秧田里浑身湿透的样子，听见张妈妈气急而尖声呼叫的声音（哥哥总是炫耀他爱我，这是后来他告诉我的）。还有哥哥飞跑回三姨和阿婆家时，那雨声中的脚步声。

那时，母亲作为一个学财会的大学生，支援遥远的边疆阿坝州藏区，她被派往阿坝县，她与我的爸爸结婚后，她全身心地做援藏工作。那年，她回阿婆阿公老家生下我，在我还不到二十天的时候，她回到了工作岗位，于是，我就被三姨寄放在邻村的张妈妈家，直到两岁多。在那个革命年代，援藏严格的工作制度是责任，更是铁的纪律。

我的记忆中，父亲母亲最多每年到成都开一次或两次会，在夏天，只有下雨的夜晚回来看我们兄妹一眼，那真的是名副其实的一眼。由于路途和交通不便，他们经常半夜到老家，与阿婆阿公阿舅和三姨说话到深夜，第二天天不亮就起身出发了，我总是在睡眼蒙眬中看他们几眼，几乎记不住他们的样子。六岁时我读书的时间到了，就被送到了爸爸老家茂县土门，在土门三年里都没有见过父母一面，不管是雨季还是旱季。

回忆的雨声里，仿佛依然清晰地听得见，阿公栽种在四合院里的几棵芭蕉树，在雨夜里，雨打芭蕉叶滴滴答答节奏声声到天明，巴山夜雨那种潮湿雨滴答声今天回忆起来是那么有味道。

依稀记得，夏季每当雨夜就会有小偷翻进阿公家的院子，偷园子内那几株甜柚子，那时树木很成林，人闯过，都会发出树叶的唰唰声，老院子内那只白鹅扬颈长叫的“昂昂”声。每当那时刻，我就会听见阿公和阿舅声嘶力竭地大声喊叫着：“捉贼娃子哦，抓住犯人哦。捉贼娃子哦，抓住犯人哦。”响亮而略显嘶哑的声音，总是伴随着阿舅肺结核严重的喘息声，那声音将我从半夜的睡梦中惊醒。一般小偷会在雨夜趁人们深深睡熟时过来下手，半夜听见那捉贼声，几岁的女孩子是何等的惊吓。但是，我却从没有听见左隔壁阿舅和右隔壁阿公起床开门具体捉贼的任何打斗声。那是七八十年代，全国上下割资本主义尾巴的年代，是广积粮深挖洞大炼钢，所有水果树被砍伐去炼钢的年代，阿公家几株有些年岁的柚子树、橘子树、板栗树还有十几米高的柿子树，都成了雨夜里方圆几十里小偷们梦寐以求的美食。

那时，我总是会用饥渴而很馋的眼睛很穿透地去看那些果子，每日盯着树枝流口水。这时我的阿公总是安慰我：“娃娃，不急不急，等熟了阿公给你摘下来，那是很甜的。”记忆里那柚子和橘子很甜，很甜。

总之，不管我们一家怎么保护爱惜那些甜而美丽的果子，等不到秋天，那几棵柚子树和橘子树上的果子几乎被偷得一颗不剩。不管家里的那只白鹅的叫声和阿公阿舅“捉贼娃子哦，抓住犯人哦”威胁的声音，多么响亮多么声嘶力竭。

板栗和柿子因为树形高大，在果子成熟的季节还有很多留在树上。于是我和我哥哥们在柿子树下和板栗树下就诞生了许多嘴馋的趣事。我的阿公是善德的，他读过许多书，记得他在世时，不管再如何困难的年月，每年过春节，阿公都会将附近的乞丐请到家里来吃一顿年饭，乞丐们都自行前来，一来就是两三桌，这已经是几十年的老规矩了。阿公一生安葬死在街头的乞丐就有十二个。善德的阿公当然没有一次具体打斗小偷的行动了。

在一个山里，核桃和向日葵成熟的雨季里，一路上哥哥和三姨把我送到了土门。几天后他们就离开回了彭州。他们走的那天早晨，天依然下着雨，奶奶把我背在背上，送了他们一程又一程，我在奶奶的背上哭得死去活来，那种伤感，如今想起仿佛还在痛。当时雨水和着泪水把我奶奶的一身都打湿透了。

在奶奶和小孃孃呵护下，我在土门老家开始了我的读书和启蒙教育。三年后，土门学校失火被烧，没有地方读书了，奶奶写信让我爸爸把我接到了阿坝县。

我九岁了，在一个大雪飞扬的日子，爸爸带我来到阿坝县。阿坝草原第一场雪雨打湿透了我的衣衫。那日我才真正知道自己父亲母亲是什么模样，才知道自己两岁的弟弟和十二岁的姐姐的模样，有了个我自己人生完整意义的家。我体验到了在雨后换上母亲亲自编织的纯羊毛毛衣有多么的温暖。见证了不管风雨，父母每日早晨六点早操，白天上班劳动，晚上给牧民补习文化知识的那段时光。

父母的革命工作忙，我们兄弟姊妹的事情就自己动手了。哥哥总是带着弟妹几个去砍柴，我只记得有一次大雨突然袭击，雨太大，我们四兄妹跑到附近一个木板棚里躲了一天，我们哭闹不停，哥哥给我们编了许多许多故事，直到晚上爸爸将我们找到。其实那种日子是兄弟姐妹在一起最快乐的日子，还真是我很值得回忆的美好日子。因为，我去阿坝不到一年，哥哥就考取西南民族学院读书走了，第二年，姐姐考取中专读书去了。我与家人团圆的日子弥足珍贵。哪怕是那天突然来的暴雨天里那些记忆都是强烈而甜蜜的。我的记忆总是随着雨季的声音，但是那是十分甜蜜的回忆，养成了我雨夜遐想和回忆的习惯。

雨季一直伴随在我的生命中，于是，喜欢雨季那些回忆。

2008年，汶川遭受“5·12”特大地震后，雨季时刻，土门老家来电话。说土门地区（今天的三元桥）发生了历史上罕见的山体泥石流和山洪大暴发，受灾严重的是土门的光明乡和富顺乡，土门区沿河岸的房子基本上被毁坏了。那时，我除了担心家乡的人们和亲人们外，我居然很担心的是我家木楼下，土门河上的那一座有一百多年历史的三元桥的安险，内心万分地害怕和失望起来。我怕，如果那桥被毁坏了，我的思乡情结里那份温暖和精神寄托会如何不堪，如何受伤，那一定会是严重的伤痕累累。

这个雨季，老家的木楼在雨季被大雨掀翻了许多小瓦，土门老家的亲戚和邻居叫我们赶快回去修缮，怕雨打湿损坏了家里那个木碉楼。其实，我想回老家的脚步本来是迫切的思恋的。于是我很快地找个理由想回去。回去修那漏雨的木房子也是很重要的。

于是在这个雨季，我久别的那份乡愁催着自己回到故乡的土门的青石板街头，回去修缮自己老家那几间漏雨的木屋。

家里的木屋，在土门的老街上最后的位子，青石板的街道还是那么长，乡里乡亲的笑容还是那么美，修缮后的木屋不再漏雨了，我的心也就不漏雨了。

今天，天空依然在下着雨，我站在刚修缮的木楼回廊上，凝望楼下土门河上那个白色花岗岩的三元桥，那石桥是一百多年前英国作家威尔逊《威尔逊在阿坝》（红音/干文清 译）一书扉页里那座美丽的石桥。它是当年红四方面军“土门战役”消灭国民党三万大兵，顺利挺进茂县川北高原的那座大桥。打我很小奶奶就给我说过，在“土门战役”中，我们杨家掩埋了红军战斗中牺牲最大的十二个军官，全部安葬在我们杨家祖辈的那块墓地里，就是土门河边那块台地上（今天的茂北公路下）。今天，我这么说吧，它是见证了无数历史故事的古老三元桥，它是我们民族凝聚无数情结的三元桥。

它，承载了我们白狗羌人太多的乡愁和故事的桥，其实，它是我们生命重要的精神部分，它是需要我们自己去爱惜的一座桥。今天，我看见桥墩下被建筑区掏空河沙的基部，看见河水凶猛地卷着桥下的泥土，于是，我在雨中又新添了无限的忧愁。我用什么来拯救你，我美丽的故乡桥梁，我无限衍生的多种乡愁。著名作家梁文道曾这么评价历史："因为'记忆本身就是正义'，铭记是对历史最好的交代。"

乡愁，是思念成愁，思乡的记忆比雨声更浓。雨声中，更愿意以一个人独处的方式来聆听，静静地不受外界的干扰，就这么回忆。思乡是一种纷纷扰扰的情。

记得有人这么说过："我之所以喜欢回到故乡，就是因为在这里，我的眼睛，心灵与双足都有思想漫步之处。"

感谢，今夜的雨声，让我有机会独处一隅，在听雨声中完成了我很久就想写作的这篇思乡的文字。

图书在版编目（CIP）数据

原乡 / 杨素筠著. — 郑州 : 河南人民出版社，2019.3
（绿水青山生态文学书系）
ISBN 978-7-215-11806-5

Ⅰ. ①原… Ⅱ. ①杨… Ⅲ. ①散文集—中国—当代 Ⅳ. ①I267

中国版本图书馆 CIP 数据核字 (2019) 第 000005 号

河南人民出版社出版发行
（地址：郑州市金水路 39 号 邮政编码：450002 电话：0371-65788067）
新华书店经销　　北京盛通印刷股份有限公司印刷
开本　880 毫米 ×1230 毫米　　1/32　印张　7.5
字数　135 千字
2019 年 3 月第 1 版　　　2019 年 3 月第 1 次印刷

定价：38.00 元